FOLIOTHÈQUE

Collection dirigée par
Bruno Vercier
Maître de conférences
à l'Université de
la Sorbonne Nouvelle-Paris III

Gustave Flaubert
L'Éducation sentimentale
par Pierre-Louis Rey

Pierre-Louis Rey

commente

L'Éducation sentimentale

de Gustave Flaubert

Gallimard

Pierre-Louis Rey est professeur de littérature française à l'Université de la Sorbonne Nouvelle-Paris III. Il est spécialiste des questions touchant au roman (XIXᵉ et XXᵉ siècles). Sur Flaubert, il a écrit notamment « *Madame Bovary* » *de Gustave Flaubert*, Gallimard, « Foliothèque » (1996), et *Analyse de l'œuvre de Gustave Flaubert*, Guides Pocket Classiques (2004).

© *Éditions Gallimard*, 2005.

RÉFÉRENCES

Les indications de pages données entre parenthèses renvoient à l'édition « Folio classique » de *L'Éducation sentimentale*, n° 147 (voir Bibliographie).

AUX SOURCES DU ROMAN

LES « FANTÔMES DE TROUVILLE »

Tout commence pendant l'été de 1836. Sur la plage de Trouville où il passe ses vacances, Gustave Flaubert, qui n'a pas encore quinze ans, s'avise un jour qu'une pelisse rouge à raies noires, posée sur le sable, est menacée par la marée montante. Il la met à l'abri. À l'heure du déjeuner, une cliente de l'auberge, assise à une table voisine, lui dit : « Monsieur, je vous remercie bien de votre galanterie. » Il s'agit de Mme Schlésinger. Du moins se fait-elle appeler ainsi, quoiqu'elle ne soit pas encore l'épouse légitime de Maurice Schlésinger, homme de presse entreprenant, familier de nombreux artistes et, semble-t-il, peu scrupuleux en affaires. Le vrai nom de la dame est Élisa Foucault, et elle est âgée de vingt-six ans. Gustave n'a pas eu l'intention de ramasser la pelisse de la dame, mais une pelisse dont il n'a découvert qu'ensuite la propriétaire. Il n'a donc pas cherché à se montrer galant, mais seulement à rendre service.

L'histoire nous a été racontée par Flaubert lui-même au chapitre X des *Mémoires d'un fou*, récit autobiographique plus ou moins romancé, composé à l'automne de 1838. Il y peint ainsi Mme Schlésinger : « Elle était grande, brune, avec de magnifiques cheveux noirs qui lui tombaient en tresses sur les épaules ; son nez était grec, ses yeux brûlants, ses sourcils hauts et admirablement arqués, sa peau était ardente et comme veloutée avec de l'or, elle était mince et fine, on voyait des veines d'azur serpenter sur cette gorge brune et pourprée. Joignez à cela un duvet fin qui brunissait sa lèvre supérieure et donnait à sa figure une expression mâle et énergique à faire pâlir les beautés blondes. On aurait pu lui reprocher trop d'embonpoint ou plutôt un négligé artistique, — aussi les femmes la trouvaient-elles de mauvais ton ; — elle parlait lentement, c'était une voix modulée, musicale et douce [1]. »

Le prénom donné à Mme Schlésinger dans les *Mémoires d'un fou*, Maria, annonce celui de l'héroïne de *L'Éducation sentimentale*, qui se prénommera Marie. Selon les *Mémoires*, Maria allaitait une petite fille, et c'est à la suite de ses remerciements que le narrateur a fait sa connaissance ainsi que celle de son mari. Il a conçu pour elle un amour enivrant et impossible. La fin de l'été arriva : « Elle partit, et je ne la revis plus. Adieu pour toujours [2] ! » Lorsque le narrateur revient, deux ans plus tard, sur les lieux où il l'avait connue, elle ne s'y trouve plus. Quinze jours se passent alors dans une sorte de contemplation amoureuse de l'absente. L'adieu définitif est prononcé à l'avant-dernier chapitre des *Mémoires d'un fou* :

« Ô Maria ! Maria, cher ange de ma jeunesse, toi que j'ai vue dans la fraîcheur de

1. *Œuvres de jeunesse*, Gallimard, « Bibliothèque de la Pléiade », p. 485.

2. *Ibid.*, p. 493.

mes sentiments, toi que j'ai aimée d'un amour si doux, si plein de parfums, de tendres rêveries, adieu !

Adieu — d'autres passions reviendront — je t'oublierai peut-être — mais tu resteras toujours au fond de mon cœur, car le cœur est une terre où chaque passion bouleverse, remue et laboure sur les ruines des autres. Adieu.

Adieu ! et cependant comme je t'aurais aimée, comme je t'aurais embrassée — serrée dans mes bras ! Ah ! mon âme se fond en délices à toutes les folies que mon amour invente. Adieu[1]. »

1. *Ibid.*, p. 514.

La figure de l'aimée est à nouveau évoquée, mais de façon indirecte, dans *Novembre*, récit commencé par Flaubert en novembre 1840, abandonné, puis repris en 1842, et qui ressemble déjà, plus que les *Mémoires d'un fou*, à un court roman. Dans la première partie de *Novembre*, le jeune narrateur se rend un jour à X. (il faut comprendre « Trouville », où Flaubert est retourné en 1842) ; une sorte d'extase l'envahit devant le spectacle de la mer et des vagues ; « quelque chose de tendre comme un amour et de pur comme la prière s'éleva pour moi du fond de l'horizon, s'abattit sur la cime des rocs déchirés, du haut des cieux ; il se forma, du bruit de l'Océan, de la lumière du jour, quelque chose d'exquis que je m'appropriai comme d'un grand domaine céleste, je m'y sentis vivre heureux et grand, comme l'aigle qui regarde le soleil et monte dans ses rayons[2]. » La contempla-

2. *Ibid.*, p. 781.

tion de l'absente, qui achevait douloureusement les *Mémoires d'un fou*, s'élargit ici dans une réconfortante communion avec la nature. Cette saine exaltation retombe dans la deuxième partie : « Les idées de volupté et d'amour qui m'avaient assailli à quinze ans vinrent me retrouver à dix-huit », y explique le jeune homme, dont l'imagination est envahie par le mot « adultère ». Il rencontre dans une maison close une femme prénommée Marie, dont les « cheveux noirs, lissés et nattés sur les tempes[1] » rappellent ceux de la brune Mme Schlésinger et annoncent l'éternel romanesque de Flaubert (Emma Bovary aussi bien que Marie Arnoux). Mais la Marie de *Novembre* est plus directement inspirée par une autre femme, Eulalie Foucaud, grâce à laquelle Flaubert connut des ivresses physiques qui n'étaient pas vénales. Pourquoi a-t-il fait de son personnage de Marie une prostituée ? « La prostituée est un mythe perdu. J'ai cessé de la fréquenter, par désespoir de la trouver », écrit-il à Louise Colet en décembre 1846 ou février 1847. Il en retrouvera les mystères lors de son voyage en Orient (1849-1851). En donnant à la femme aimée de son récit le prénom virginal de Marie et en lui supposant une vie de débauche, l'auteur de *Novembre* unit en une seule figure les fantasmes contradictoires de sa jeunesse ; dans *L'Éducation sentimentale*, la vertueuse Marie Arnoux et la vénale Rosanette incarneront séparément les deux tentations amoureuses.

1. *Ibid.*, p. 782-787.

Ni une femme mariée à un autre, ni une prostituée n'ont vocation à vous offrir les joies de la paternité. On se demande parfois si Flaubert n'a pas puisé dans l'horreur d'être père sa fixation sur ces deux types de femme. Dès l'instant où la Marie de *Novembre* exprime, après leur nuit d'amour, le désir d'être fidèle et de donner un enfant au jeune homme, celui-ci la quitte sans retour. Moins prompt à la fuite, Frédéric Moreau, dans *L'Éducation sentimentale*, se verra, à la suite de sa liaison avec Rosanette, affligé d'un enfant dont la courte existence obscurcira ses projets.

Quand se sont évanouies les illusions de l'amour, le héros de *Novembre* se prend à rêver de longs voyages : « Oh ! se sentir plier sur le dos des chameaux ! devant soi un ciel tout rouge, un sable tout brun, l'horizon flamboyant qui s'allonge [1] », etc. Cet Orient qui berce l'imagination de son héros, Flaubert aura bientôt l'occasion de le découvrir lui-même. C'est ainsi qu'à l'époque où il écrira *L'Éducation sentimentale*, il se souviendra qu'on peut bien courir le monde entier : on emporte l'ennui avec soi.

« Il voyagea.

Il connut la mélancolie des paquebots, les froids réveils sous la tente, l'étourdissement des paysages et des ruines, l'amertume des sympathies interrompues.

Il revint » (p. 450).

Une fois Marie Arnoux perdue à jamais, Frédéric Moreau mesure la vanité de ces étourdissements auxquels croyait encore le jeune homme de *Novembre*.

---

[1] *Ibid.*, p. 818.

Le type de la femme brune, Flaubert en a donné, si on tient à part Salammbô, une autre image dans sa première *Éducation sentimentale*, long roman qu'il commença en 1843 et acheva en 1845 sans jamais chercher à le publier. Émilie Renaud, la maîtresse d'Henry (un des deux héros du roman), a « ces yeux des femmes de trente ans, ces yeux longs fermés, à grand sourcil noir, à la peau fauve fortement ombrée sous la paupière inférieure, regards langoureux, andalous, maternels et lascifs, ardents comme des flambeaux, doux comme du velours » (chap. XXII). Profitant du sommeil de son époux, elle effleure un jour dans son salon les cuisses d'Henry, prend l'initiative de lui donner rendez-vous et, parvenue à ses fins, se tord en convulsions dans ses bras en le couvrant de baisers voraces. Une prostituée habillée en bourgeoise, en somme, dont les débauches feraient rougir la pure Mme Arnoux, mais qui satisfait, comme la Marie de *Novembre,* les fantasmes érotiques de Flaubert.

LE SOUVENIR ET LE RÊVE

L'histoire de la rencontre d'Élisa Schlésinger a fait l'objet d'une célèbre étude de Gérard-Gailly, *Flaubert et les fantômes de Trouville*[1]. Elle a été cent fois reprise, et cent fois relativisée pour la raison bien connue qu'une source biographique

[1] La Renaissance du Livre, 1930.

n'épuise jamais la complexité d'un personnage de roman. Les souvenirs eux-mêmes, comme chacun sait, se mêlent et se contaminent.

Le 2 septembre 1853, Flaubert confie à Louise Colet un troublant souvenir de voyage en bateau : « J'ai des souvenirs de mélancolie et de soleil qui me brûlaient, tout accoudé sur ces bastingages de cuivre et regardant l'eau. Celui qui domine tous les autres est un voyage de Rouen aux Andelys avec Alfred [Le Poittevin] (j'avais seize ans). Nous avions envie de crever, à la lettre. Alors, ne sachant que faire et par ce besoin de sottises qui vous prend, dans les états de démoralisation radicale, nous bûmes de l'eau-de-vie, du rhum, du kirsch, et du potage (c'était un riz au gras !). Il y avait sur ce bateau toutes sortes de messieurs et de belles dames de Paris. Je vois, encore, un voile vert que le vent arracha d'un chapeau de paille et qui vint s'embarrasser dans mes jambes. Un monsieur en pantalon blanc le ramassa... » Se combinent ici plusieurs moments de *L'Éducation sentimentale* : la « mélancolie » des derniers voyages de Frédéric Moreau, l'« apparition » initiale de Mme Arnoux sur le bateau de Nogent, et la dernière page où Frédéric et son ami se souviennent comment, à l'orée de leur vie, ils ont gâché leur chance de rencontrer une belle dame. On croirait le roman déjà bouclé dans ce souvenir rapporté à Louise Colet. Le voile vert, qui a remplacé la pelisse rouge à raies noires des *Mémoires d'un fou*, deviendra dans le roman un « long châle à bandes violettes ». Arraché à un chapeau de paille, il permet, dans la lettre à Louise, sinon d'identifier la dame (« Elle avait un large chapeau de paille », lira-t-on de même au début de la description de Mme Arnoux), du moins de l'individualiser. La scène évoquée ici se passe, comme celle du roman, près du bastingage d'un bateau et non plus sur le sable d'une plage. C'est dire que ce souvenir annonce, plus directement que celui des *Mémoires*, l'ouverture de *L'Éducation sentimentale*. Seule différence, considérable : Gustave n'a pas eu, cette fois, l'esprit de ramasser le voile qui était pourtant venu s'embarrasser dans ses jambes. À l'époque où il écrit à Louise Colet, il songe à ce qui fut peut-être une occasion manquée. Dix autres années vont s'écouler. Et si, quand il commence son roman, vers 1863, il jouait à réinventer sa vie plus encore qu'à refléter des souvenirs ?

La place d'Élisa Schlésinger dans le cœur de Flaubert depuis l'époque de *Novembre* jusqu'aux années où il écrit *L'Éducation sentimentale*, nul n'est en mesure de l'apprécier. Au moins, à la différence de son héros, a-t-il eu d'autres amours. Le 6 ou 7 août 1846, il vient à peine de rencontrer Louise Colet quand il lui avoue cette passion qui semble déjà appartenir au passé : « J'en ai aimé une [femme] depuis 14 jusqu'à 20 ans sans le lui dire, sans lui toucher [un mot ?], et j'ai été près de trois ans ensuite sans sentir mon sexe. J'ai cru un moment que je mourrais ainsi, j'en remerciais le ciel. » Il la reverra sans doute ensuite, mais fugitivement. L'écriture de *L'Éducation sentimentale* aurait-elle ranimé sa vieille passion ? C'est trois ans après la publication de son roman, le 5 octobre 1872, qu'il écrit à Élisa : « Ma vieille Amie, ma vieille Tendresse, / Je ne peux pas voir votre écriture sans être remué ! Aussi, ce matin, j'ai déchiré avidement l'enveloppe de votre lettre. Je croyais qu'elle m'annonçait votre visite. Hélas ! non. Ce sera pour quand ? J'aimerais tant à vous recevoir *chez moi*, à vous faire coucher dans la chambre de ma mère. [...] L'avenir pour moi n'a plus de rêves. Mais les jours d'autrefois se représentent comme baignés dans une vapeur d'or. — Sur ce fond lumineux où de chers fantômes me tendent les bras, la figure qui se détache le plus splendidement, c'est la vôtre ! — Oui, la vôtre. Ô pauvre Trouville ! » La vie finit parfois par ressembler aux romans, écrivait Oscar Wilde. Flaubert nourrit l'espoir, dirait-on, que va se réaliser la scène de retrouvailles qu'il avait imaginée pour l'avant-dernier chapitre de *L'Éducation sentimentale*. L'« effroi d'un inceste », qui saisit Frédéric lors de la dernière visite de Mme Arnoux (p. 454), semble tout à la fois matérialisé et conjuré par ce souhait de Flaubert d'installer Mme Schlésinger dans la chambre de sa mère. Son avenir, comme celui de son héros, est désormais vidé de ses rêves. À la découpe de la figure de Mme Arnoux sur « le fond de l'air bleu », dans le premier chapitre du roman, fait ici écho la « vapeur d'or » qui baigne les souvenirs d'autrefois. Mme Schlésinger n'est qu'un des « fantômes » de la jeunesse qui se présentent au souvenir de Flaubert vieillissant. Avec ironie, et peut-être pour refouler le plus splendide d'entre eux, le romancier va ressusciter aux dernières lignes de son livre d'autres fantômes, en un sens plus mythiques, ceux de prostituées qui lui tendirent un jour les bras.

I. GENÈSE

DE LA RÊVASSERIE AU PLAN

« Lorsqu'une œuvre est finie, il faut songer à en faire une autre », écrit Flaubert à Ernest Feydeau vers le 2 janvier 1862. *Salammbô* n'est pas vraiment finie : il n'en remettra le manuscrit qu'en avril, et le roman paraîtra en novembre. Mais plusieurs projets l'occupent dès le début de cette année. En émergera, au fil des mois, un roman « moderne » (au contraire de *Salammbô*) et « parisien » (au contraire de *Madame Bovary*), qu'il songera d'abord à appeler *Madame Moreau*, du premier nom de son héroïne, avant que le déplacement de l'intérêt vers le héros et les jeunes gens de sa génération ne lui impose ce titre de *L'Éducation sentimentale,* déjà utilisé pour le roman de 1845 qu'il s'était depuis longtemps résolu à laisser inédit. À Louise Colet, trop indulgente à son gré pour « certaines parties » de ce premier roman, il avait écrit le 16 janvier 1852 : « Quelques retouches qu'on donne à cette œuvre (je les ferai peut-être) elle sera toujours défectueuse ; il y manque trop de choses et c'est toujours par l'*absence* qu'un livre est faible. » Du moment où il renonçait à retoucher son livre pour le faire paraître un jour, le titre en était disponible pour un nouveau roman, sinon plus ambitieux, au moins plus exigeant.

Pendant plusieurs mois, en 1862, Flaubert « rêvasse » : « Je rêvasse un tas de choses, je divague dans mille projets », avoue-t-il à Edmond et Jules de Goncourt le 12 juillet 1862. Ce genre de réflexions donne apparemment du crédit à l'opinion de Jules Lemaitre, qui a mis en doute le légendaire acharnement de Flaubert au travail : qu'il passât des heures dans son cabinet, soit, mais s'il les occupait surtout à bâiller, à bricoler et à pester[1] ? En réalité, Flaubert commence souvent par rêvasser (ce qui n'est pas décommandé quand on écrit des romans), mais il sait ensuite se transformer en tâcheron. Depuis le mois de mars, il a, selon les Goncourt, envisagé de faire « deux ou trois petits romans, non incidentés, tout simples, qui seraient le mari, la femme et

1. Voir J. Lemaitre, « La paresse de Flaubert », *Annales politiques et littéraires,* n° 1199, 13 juin 1906, cité dans *Flaubert savait-il écrire ? Une querelle grammaticale (1919-1921),* p. 56.

l'amant[1] ». Cette confidence nous place tout près du premier scénario de l'*Éducation*, élaboré peut-être l'été suivant.

[1]. Ed. et J. de Goncourt, *Journal*, à la date du 29 mars 1862.

> Voici le texte de ce scénario :
> « *Mme Moreau (roman)*
> Le mari, la femme, l'amant, tous s'aimant, tous lâches.
> — Traversée sur le bateau de Montereau, un collégien. — Mme Sch.-Mr Sch. Moi.
> — Développement de l'adolescence — Droit — obsession, femme vertueuse et raisonnable [escortée d'enfants *ajouté*]. Le mari, bon, initiant aux Lorettes... [Soirée] Bal paré chez la Présidente. Coup. Paris... Théâtre, Champs-Élysées... Adultère mêlé de remords et de [peurs *biffé*] [terreurs *ajouté*]. Débine du mari et développement philosophique de l'amant. Fin en queue de rat. Tous savent leur position réciproque et n'osent se la dire. Le sentiment finit de soi-même. On se sépare. Fin : on se revoit de temps en temps, puis, on meurt » (Carnet 19, f° 35).

Le plus surprenant, dans ce premier scénario, est le « Moi », qu'on doit identifier au « collégien » et qui donne au projet un tour ouvertement autobiographique, accentué encore par la mention de Mme Sch. (Schlésinger). Flaubert a besoin, pour faire démarrer son roman, de désigner sans fard ce qui relève de son expérience personnelle (de même Proust, dans sa correspondance, écrit-il parfois « ma grand-mère » pour désigner la grand-mère de son héros), mais il constitue déjà sa grande passion en personnage, d'abord en lui donnant le nom de « Moreau » (qu'il transférera ensuite à son héros), ensuite en imaginant qu'elle cédera à l'amour du « collégien ».

L'« amant » et le « collégien » ne font qu'un. Mais Flaubert écrit presque d'affilée, dans son scénario : « Il serait plus fort de ne pas faire baiser Mme Moreau qui, chaste d'action, se rongerait d'amour. — Elle aurait eu son moment de faiblesse que l'amant n'aurait pas vu, dont il n'aurait pas profité » (f° 35 v°). Le mouvement est ici inverse de celui qui avait dicté la création du personnage d'Emma Bovary. « L'idée première que j'avais eue était d'en faire une vierge, vivant au milieu de la province, vieillissant dans le chagrin et arrivant ainsi aux derniers états du mysticisme et de la passion *rêvée* », écrivait Flaubert à Mlle Leroyer de Chantepie le 30 mars 1857, pour lui expliquer la naissance de *Madame Bovary*. Tandis qu'Emma Bovary, conçue pour la virginité, se perdait finalement dans l'adultère, Mme Moreau (devenue Mme Arnoux) passe, dans les brouillons, de l'adultère à la chasteté.

La « rêvasserie » ne s'en prolonge pas moins jusqu'à l'automne : « Je rêvasse un autre bouquin [que *Salammbô*], mais il me manque bien des choses avant d'en faire le plan », écrit-il à Amélie Bosquet le 21 octobre 1862. Jamais Flaubert ne s'embarque dans un livre sans en avoir élaboré le plan. Celui de la future *Éducation* se présente d'abord à son esprit en deux parties. « Aujourd'hui 12 décembre

1862, anniversaire de ma 41ᵉ année, été chez M. de Lesseps porter un exemplaire de *Salammbô* pour le bey de Tunis. [...] Et m'être mis sérieusement au plan de la première partie de mon roman moderne parisien », note-t-il (Carnet 2, f° 47 v°). À cette époque, il vient à peine de concevoir le personnage de l'ami de Frédéric, Deslauriers : « [...] il me semblait que ton sujet était *corsé* maintenant, avec l'adjonction de l'ami », lui écrit Louis Bouilhet vers le 15 décembre 1862. Dans la première *Éducation sentimentale*, Flaubert avait rapidement compris la nécessité d'imaginer un couple d'amis, Jules et Henry, aux caractères et aux destinées opposés. Avec sept ans de recul, il a expliqué à Louise Colet : « Ce caractère de Jules n'est lumineux qu'à cause du contraste d'Henry. Un des deux personnages isolé serait faible. Je n'avais d'abord eu que l'idée d'Henry. La nécessité d'un repoussoir m'a fait concevoir celui de Jules » (16 janvier 1852). Dans la seconde *Éducation*, comme s'il n'avait pas tiré la leçon de la première, il s'engage à nouveau dans l'histoire d'un héros unique, puis il corrige le tir, mais au lieu que les deux amis se partagent, comme Jules et Henry, la vedette de l'intrigue, Deslauriers demeurera dans l'ombre de Frédéric. Le couple contrasté et pourtant solidaire, Flaubert y reviendra dans son dernier roman, *Bouvard et Pécuchet* : différents d'aspect et d'humeur, mais complémentaires, les deux copistes connaîtront, comme Frédéric et Deslauriers, des destinées jumelles. Et de cette gémellité, Flaubert tirera, plus que dans *L'Éducation sentimentale*, des effets comiques.

L'importance du plan dans la composition des romans de Flaubert a été relativisée par Jean-Paul Sartre. « Nous verrons, en examinant les "scénarios" de *Madame Bovary*, que Gustave, Dieu soit loué, n'a jamais su "faire un plan" : grâce à quoi la "composition" de cet ouvrage est une surprenante merveille », écrit-il dans *L'Idiot de la famille* (t. II, p. 1131). Reflété par Michel Sicard (« Flaubert avec Sartre », *La Production du sens chez Flaubert*, p. 183), ce point de vue indigne la plupart des flaubertiens. « Il me semble que le souci du plan est très manifeste dans la *Correspondance* ; et les "scénarios", c'est tout de même du plan », réplique Claudine Gothot-Mersch (*ibid.*, p. 196). En fait, Flaubert marque, quand il commence ses romans, de grandes parties, essentiellement chronologiques, puis, chemin faisant, au-delà de ce schéma d'ensemble, s'impose à lui une *forme*, « poétique, qui est de l'ordre du figural » (M. Sicard, *ibid.*), et qui relègue à l'accessoire, sans les annuler, les divisions préalables.

Flaubert n'envisage pas encore de faire entrer dans l'intrigue de *L'Éducation sentimentale* la révolution de 1848. Ce sera bientôt chose faite, au témoignage des frères Goncourt : « Causerie sur son roman moderne, où il veut faire tout entrer, et le mouvement de 1830 — à propos des amours d'une Parisienne — et la physionomie de 1840, et 1848, et l'Empire : "Je veux faire tenir tout l'Océan dans une carafe"[1]. » Ces « amours d'une Parisienne » situées dans le « mouvement de

[1]. Ed. et J. de Goncourt, *Journal*, à la date du 11 février 1863.

1830 » doivent-elles être encore rapportées à la rencontre de Flaubert avec Mme Schlésinger, qui eut lieu en 1836 ? L'intrigue du roman ne débutera, en fait, qu'en septembre 1840. La question du plan demeure primordiale parmi les soucis avoués par Flaubert au cours des mois suivants : « Je m'acharne à mon roman parisien, qui ne vient pas du tout. Ce sont des couillades usées. Rien d'âpre ni de neuf ! Aucune scène capitale ne surgit » (à Jules Duplan, 2 avril 1863) ; « [...] je travaille à deux plans de roman sans savoir encore auquel des deux il faut s'attacher » (à Ed. et J. de Goncourt, même date) ; « Je travaille sans relâche au plan de mon *Éducation sentimentale*, ça commence à prendre forme ? *sic* Mais le dessin général en est mauvais ! Ça ne fait pas la pyramide ! » (à Jules Duplan, 7 avril 1863) ; « Les *faits* me manquent. Je n'y vois point de scènes principales. — Ça ne fait pas la pyramide. Bref, ça me dégoûte » (au même, 15 avril 1863) ; l'ensemble, enfin, lui apparaît comme « une série d'analyses et de potins médiocres sans grandeur ni beauté » (à Ed. et J. de Goncourt, 6 mai 1863).

L'abandon, dès 1863, de la composition en deux parties au profit d'un plan tripartite ne changera rien aux défauts qui désolent Flaubert. On peut juger « pyramidale » une œuvre qui atteint son sommet soit en son milieu, soit en son dénouement ; en quelque sens qu'on l'entende, son *Éducation sentimentale* n'y satisfera jamais. « PYRAMIDE. — Ouvrage inutile », lit-on dans le *Dictionnaire des idées reçues*. Réellement inutile, ou jugé inutile par les bourgeois, ce qui signifierait sa grandeur ? Comment savoir, puisque le *Dictionnaire* a été « arrangé de telle manière que le lecteur ne sache pas si on se fout de lui, *oui ou non* » (à Louis Bouilhet, 4 septembre 1853). Aux yeux de Flaubert, la pyramide figure à la fois la perfection et la bêtise humaine, propositions que sa philosophie et son esthétique concilient aisément. « Les chefs-d'œuvre sont bêtes », écrivait-il à Louise Colet le 27 juin 1852. « Ils ont la mine tranquille comme les productions mêmes de la nature, comme les grands animaux et les montagnes. » C'est pourtant parce qu'elle fait aussi peu la pyramide que *L'Éducation sentimentale* nous apparaît aujourd'hui moderne dans sa composition et dans son rythme. « Et il n'est pas possible à quiconque est un jour monté sur ce grand *Trottoir roulant* que sont les pages de Flaubert, au défilement continu, monotone, morne, indéfini, de méconnaître qu'elles sont sans précédent dans la littérature », écrit Proust dans un article, « À propos du "style" de Flaubert », principalement consacré à l'*Éducation*[1]. Dans le domaine de la composition au moins, Flaubert a ignoré sa propre modernité. Il s'est ingénié, non à dérouler des événements insignifiants et monotones, mais à les mettre en perspective grâce à un plan qui aurait répondu aux

1. M. Proust, *Contre Sainte-Beuve* précédé de *Pastiches et mélanges* et suivi d'*Essais et articles*, p. 587.

exigences de son époque. C'est l'originalité de son style (c'est-à-dire de sa vision du monde) qui l'a rendu résolument inapte à les satisfaire.

L'AMBITION SCIENTIFIQUE

Flaubert interrompt l'écriture de son roman pendant le deuxième semestre de 1863 pour composer, en collaboration avec Louis Bouilhet, une « féerie en dix tableaux », *Le Château des cœurs*, qui confirme ses médiocres dispositions pour le théâtre. Quand il reprend *L'Éducation sentimentale*, c'est pour se lancer dans la lecture d'écrivains politiques. « Il me semble que tu lis beaucoup de socialistes, quand la question doit occuper si peu de place dans ton livre ? Mais je parle en aveugle — ne pouvant prévoir la couleur que tu as l'intention de donner à l'ensemble », lui écrit Louis Bouilhet le 25 juin 1864. Le malentendu est bientôt dissipé : « Je comprends le plan désormais. Dans le début, il m'échappait complètement, tu te rappelles ; mais le travail de Paris lui a donné un *ensemble d'intentions* qui en fait un livre et un *beau livre* » (22 octobre 1864). Flaubert ayant, au printemps, quitté pendant quelques semaines sa propriété de Croisset pour Paris, Bouilhet a pu assister et peut-être collaborer à ce « travail ». Ainsi est-il en mesure d'entrevoir l'importance que prendront dans l'intrigue les événements de 1848.

Mesurant l'échec de la révolution de Février et des journées de Juin, Flaubert s'emporte contre ces « réformateurs modernes » (Saint-Simon, Leroux, Fourier, Proudhon) qui n'ont rien réformé et « sont engagés dans le Moyen Âge jusqu'au cou. [...] Expliquer le mal par le péché originel, c'est ne rien expliquer du tout. La recherche de la cause est antiphilosophique, antiscientifique, et les Religions en cela me déplaisent encore plus que les philosophies, puisqu'elles affirment les connaître » (à Edma Roger des Genettes, été 1864). Lui qui considérait déjà comme un « saint » l'auteur de *Candide*, le voici plus voltairien que jamais : « Après Voltaire, il faut clore la gaudriole religieuse » (à Amélie Bosquet, 9 août 1864).

C'est donc, comme Nietzsche plus tard, une forme de catholicisme abâtardi et rétrograde qu'il reproche aux penseurs utopistes et socialistes, alors que la science seule peut expliquer les réalités de notre époque. « Je crois que, plus tard, on reconnaîtra que l'amour de l'humanité est quelque chose d'aussi piètre que l'amour de Dieu », écrivait-il déjà à Louise Colet le 26 mai 1853. Il a réaffirmé son exigence scientifique lors de la publication des *Misérables* : « C'était un beau sujet pourtant. Mais quel calme il aurait fallu et quelle envergure scientifique ! Il est vrai que le père Hugo méprise la science » (à Edma Roger des Genettes, juillet 1862), et, après la lecture de la *Vie de Jésus*, d'Ernest Renan, il trouve pareillement que « ces matières-là » mériteraient d'être traitées « avec plus d'appareil scientifique » (à Mlle Leroyer de Chantepie, 23 octobre 1863). Le 5 mai 1869, peu après la publication de *L'Éducation sentimentale*, il réitérera dans une lettre à George Sand : « Il ne s'agit plus de rêver la meilleure forme de gouvernement puisque toutes se valent, mais de *faire prévaloir la science.* »

L'idéal scientifique, c'est-à-dire la soumission aux faits plutôt qu'à la foi ou à l'intuition, rejoint chez Flaubert un idéal esthétique formulé dès le 4 septembre 1850, dans une lettre à L. Bouilhet : « La bêtise consiste à vouloir conclure. [...] Quel est l'esprit un peu fort qui ait conclu, à commencer par Homère ? », et explicité dans la lettre du 23 octobre 1863 à Mlle Leroyer de Chantepie : « On fausse toujours la réalité quand on veut l'amener à une conclusion qui n'appartient qu'à Dieu seul. [...] Je vois, au contraire, que les plus grands génies et les plus grandes œuvres n'ont jamais conclu. Homère, Shakespeare, Goethe, tous les fils aînés de Dieu (comme dit Michelet) se sont bien gardés de faire autre chose que *représenter.* » Le lien est établi encore plus nettement entre les devoirs du savant et ceux du poète dans une lettre où il déplore l'orientation actuelle de la poésie : « Il faut [...] que les sciences morales prennent une autre route et qu'elles procèdent comme les sciences physiques, par l'impartialité. Le poète est tenu maintenant d'avoir de la sympathie pour *tout* et pour *tous*, afin de les comprendre et de les décrire. Nous manquons de science avant tout ; nous pataugeons dans une barbarie de sauvages » (à Mlle Leroyer de Chantepie, 12 décembre 1857). Ainsi les plus grands poètes de l'humanité, auxquels le Hugo des *Misérables* ne peut être égalé, rejoignent-ils les grands savants parce que leurs œuvres accèdent à cette impassibilité que Flaubert assimile volontiers à une forme de « bêtise » supérieure. Que la « conclusion » soit détenue par Dieu ne dément pas l'irréligion qu'il affiche en cette période : le Dieu de Voltaire, aussi bien, ne se mêlait pas du cours des affaires de ce monde.

La contradiction à laquelle s'expose le romancier de *L'Éducation sentimentale* se situe ailleurs dans la lettre du 23 octobre 1863 : « Et puis, est-ce avec des fictions qu'on peut parvenir à découvrir la vérité ? L'histoire, l'histoire et l'histoire naturelle ! Voilà les deux muses de l'âge moderne. C'est avec elles qu'on entrera dans des mondes nouveaux. » Le critique est ici confronté à une alternative : ou bien, du moment qu'il est engagé dans une œuvre de fiction, Flaubert se résout modestement à ne pas atteindre la vérité ; ou bien il ambitionne d'écrire un roman qui se hausse, les lectures et la réflexion aidant, au-delà de la « fiction » pour re-

> 1. Voir J. Droz, *Restaurations et Révolutions (1815-1871)*, PUF, « Clio », 1953, p. 119, et Marc Agulhon, « Peut-on lire en historien *L'Éducation sentimentale* ? », dans *Histoire et langage dans « L'Éducation sentimentale »*.

joindre ce qu'il nomme, en un sens large, la « poésie ». Sa prétention à l'impartialité sera avalisée par les historiens de métier qui, aujourd'hui encore, lisent *L'Éducation sentimentale* comme un document[1]. Mais soupçonnait-il que, en tenant la balance égale entre les partisans de l'ordre et les révolutionnaires, il accéderait moins à l'exactitude scientifique qu'à un détachement mélancolique, où certains verront les débuts de la « fiction » moderne ?

« L'HISTOIRE MORALE DES HOMMES DE MA GÉNÉRATION »

Flaubert se repent, à l'automne de 1864, d'avoir interrompu trop longtemps l'écriture de son roman. « Il est vrai que le premier chapitre n'est pas commode. Quand aurai-je fini cette lourde besogne ? Et que vaudra-t-elle ? Dieu seul le sait » (à Ernest Feydeau, 5 octobre 1864). À en juger par la lettre qu'il adresse le lendemain à Mlle Leroyer de Chantepie, il est reparti, en cet automne, sur des bases nouvelles : « Me voilà maintenant attelé depuis un mois à un roman de mœurs modernes qui se passe à Paris. Je veux faire l'histoire morale des hommes de ma génération, "sentimentale" serait plus vrai. C'est un livre d'amour, de passion ; mais de passion telle qu'elle peut exister maintenant, c'est-à-dire inactive. Le sujet, tel que je l'ai conçu, est, je crois, profondément vrai, mais, à cause de cela même, peu amusant probablement. Les faits, le drame me manquent un peu ; et puis l'action est étendue dans un laps de temps trop considérable. Enfin, j'ai beaucoup de mal et je suis plein d'inquiétudes. » Flaubert tient enfin son sujet : l'histoire d'une génération. Quand le roman affichera dans son sous-titre (curieusement ignoré ensuite de la plupart des éditeurs) « Histoire d'un jeune homme », le lecteur ne devra pas y lire l'annonce de l'aventure d'un individu singulier : Frédéric Moreau est, à l'image de l'« enfant du siècle » de Musset, représentatif de son époque. À l'époque où il composait *Novembre*, Flaubert méditait, soit sur son malheur personnel (« J'ai savouré longuement ma vie perdue », etc.), soit sur la condition humaine en général (« Et d'ailleurs, le cœur de l'homme n'est-il pas une énorme solitude où nul ne pénètre [1] ? »). La jonction est faite à l'automne de 1864 : l'inspiration de *L'Éducation sentimentale* naît d'un nouveau regard sur ses rêveries d'adolescent, qu'il juge désormais pareilles à celles de sa génération.

Cette génération ne l'enthousiasme guère, et, par voie de conséquence, son roman non plus. « Je crois que mon roman ne m'empoignera jamais ? *sic* C'est là surtout ce que je lui reproche ! Les héros inactifs sont si peu intéressants ! » écrit-il à Jules Duplan le 24 novembre 1864, et à Edma Roger des Genettes, vers la même époque : « La beauté n'est pas

1. *Œuvres de jeunesse,* p. 760.

compatible avec la vie moderne. » Le fond nuit à la forme, en somme. On voit que, dans ses intentions au moins, l'esthétique de Flaubert est moins avant-gardiste qu'on ne le dit parfois. On risque plus encore l'anachronisme si on le crédite de ce rejet de la psychologie que revendiqueront les auteurs du « nouveau roman ». À Alfred Maury, Flaubert écrit le 20 octobre 1866 : « Je veux représenter un état psychologique — vrai selon moi — et non encore décrit. Mais le milieu où mes personnages s'agitent est tellement copieux et grouillant qu'ils manquent, à chaque ligne, d'y disparaître. Je suis donc obligé de reculer à un plan secondaire les choses qui sont précisément les plus intéressantes. J'effleure beaucoup de sujets dont on aimerait à voir le fond. » Psychologue, Flaubert prend ici, d'avance, le contrepied du « roman psychologique », représenté dans la génération suivante par Paul Bourget, où le portrait isolé d'un personnage, jugé intéressant parce qu'il est noble ou intelligent (voir *L'Émigré* ou *Le Disciple*), se détache du milieu qui le met en valeur. Par plusieurs traits de caractère et par sa condition, le « jeune homme » de *L'Éducation sentimentale* se fond avec d'autres membres de la génération dont il est issu. Ainsi l'exigence de vérité vient-elle contrarier ce qui demeure, aux yeux de Flaubert, le principe de réussite d'un roman : la primauté de son personnage principal. À la psychologie collective, dont il est un pionnier, il se résigne mal à donner une forme adéquate, qui contrarierait l'idée traditionnelle qu'il se fait du roman.

On peut, si l'on y tient (mais il s'agit d'une simple réactualisation de termes), appeler « sociologie » cette psychologie collective vers laquelle tend Flaubert. C'est dans une perspective résolument « sociologique » que s'inscrit Pierre Bourdieu : « [...] la preuve que [Flaubert] entend donner, en construisant un modèle de la structure immanente à l'œuvre qui permet de réengendrer, donc de comprendre dans son principe, toute l'histoire de Frédéric et de ses amis, risque d'apparaître comme le comble de la démesure scientiste. Mais le plus étrange est que cette structure qui, à peine énoncée, s'impose comme évidente, a échappé aux interprètes les plus attentifs » (*Les Règles de l'art*, p. 19). À la décharge de ces « interprètes », relevons que Flaubert lui-même n'a pas bien compris quelle structure il mettait en œuvre en composant son roman, ou plutôt qu'il y voyait une source d'échec.

Pour illustrer l'aveuglement des interprètes du roman, P. Bourdieu ajoute en note : « Par exemple, ce n'est pas sans quelque délectation maligne que l'on apprend par Lucien Goldmann que Lukács voyait dans l'*Éducation* un roman psychologique (plus que sociologique) tourné vers l'analyse de la vie intérieure. » Où l'on voit que P. Bourdieu s'est contenté, pour comprendre l'analyse de Lukács[1], du bref résumé qu'en donne Goldmann dans son *Introduction à une sociologie du roman* (NRF, « Idées », 1964, p. 25)... Le principal tort de Lukács est en somme, aux yeux de P. Bourdieu, d'avoir repris à son compte le terme de « psychologie » employé par Flaubert lui-même.

[1]. Voir Dossier, p. 172.

L'actualité politique, en ces dernières années du Second Empire, n'est pas si chargée. Flaubert y trouve pourtant de quoi nourrir un pessimisme qu'il projettera sur son roman. « L'horizon politique se rembrunit », écrit-il à sa nièce Caroline le 8 mars 1867. « Les bourgeois ont peur de tout [...]. Pour retrouver un tel degré de stupidité, il faut remonter jusqu'en 1848 ! — Je lis, présentement, beaucoup de choses sur cette époque. L'impression de bêtise que j'en retire s'ajoute à celle que me procure l'état contemporain des esprits, de sorte que j'ai sur les épaules des montagnes de crétinisme. »

À l'instar de *Madame Bovary* et de *Salammbô*, le roman avance lentement. Le 8 octobre 1865, Flaubert avait annoncé à Mlle Leroyer de Chantepie qu'il espérait être arrivé vers le Jour de l'An à la fin de la première partie. Au Jour de l'An suivant, il aurait dû, si l'on en croit une lettre à Jules Duplan du 24 septembre 1866, en être à la moitié du roman. « Tu as raison de dire que le jour de l'an est bête », écrivait-il, âgé de neuf ans à peine, à son ami Ernest Chevalier ; au moins sert-il à se fixer des échéances, presque jamais respectées. C'est vers la fin de janvier 1868 qu'il compte avoir terminé la seconde partie (à Jules Sandeau, 16 novembre 1867). En réalité, il ne commence qu'à la mi-mars la troisième partie.

C'est bien d'un pensum qu'il s'agit, aussi lourd et d'un résultat encore plus incertain que les romans précédents. Le défaut de composition lui en paraît toujours rédhibitoire. « Je doute de la réussite de ce livre », écrivait-il vers 1867-1868 à Edma Roger des Genettes, « parce que j'en crois la conception vicieuse et même impossible. Toutes les malices d'exécution ne rachèteront pas la difformité constitutionnelle de l'idée première. Cette idée-là est trop complexe et trop vraie pour être plastique ». À sa nièce Caroline, il confie le 9 mars 1868 : « [...] j'ai bien du mal à emboîter mes personnages dans les événements politiques. Les fonds emportent mes premiers plans », inquiétude réitérée le 27 octobre suivant auprès d'Ernest Feydeau, « mais il est trop tard pour y rien changer ». « On s'intéresse moins à Frédéric qu'à Lamartine », écrit-il aussi à Jules Duplan la même année. S'il écrivait un « roman historique » à la manière de Walter Scott, avec un recul temporel suffisant pour que les figures historiques fussent devenues en partie légendaires, elles se fondraient plus harmonieusement dans l'imagination du lecteur avec les figures de fiction. *Salammbô*, le « roman de Carthage », résolvait encore mieux la difficulté. Mais Lamartine est toujours vivant à l'époque où Flaubert compose *L'Éducation sentimentale*, et d'autres acteurs de l'histoire de 1848, à commencer par Louis-Napoléon Bonaparte, appartiennent même encore à l'actualité.

La documentation se combine avec l'expérience des lieux où se déroulera l'intrigue et, dans des limites insaisissables, avec les souvenirs intimes, pour composer ce qu'il est convenu d'appeler l'imaginaire du roman. L'édifice est fragile. À George Sand, qui lui propose de venir passer quelques jours dans son château, quoique « déchiré par l'envie de dire "oui" », il répond « non ». « Si j'allais chez vous à Nohant, j'en aurais ensuite pour un mois de rêverie sur mon voyage. Des images réelles remplaceraient dans mon pauvre cerveau les images fictives que je compose à grand-peine, tout mon château de cartes s'écroulerait » (24 novembre 1868).

À cet imaginaire appartiennent aussi bien les noms propres choisis par le romancier. Pressé de changer, alors que son roman s'achemine vers sa fin, le nom de Moreau sous prétexte qu'il est porté par une famille nogentaise, Flaubert s'y refuse catégoriquement : « Un nom propre est une chose extrêmement importante dans un roman, une chose *capitale*. On ne peut pas plus changer un personnage de nom que de peau. C'est vouloir blanchir un nègre » (à Louis Bonenfant, 13 août [?] 1868). On aurait cru le nom de « Moreau » peu nécessaire, et pour le moins interchangeable, puisqu'il était primitivement destiné à l'héroïne. Mais du moment où ses personnages ont pris tournure dans l'imagination de Flaubert, ils *existent* avec toutes leurs propriétés, comme existaient dans l'imagination de Cervantès, maître absolu de l'« illusion », et sous des noms qui semblent après coup prédestinés, les figures de Don Quichotte et de Sancho Pança.

Flaubert ne cède probablement pas ici à une nécessité onomastique, à la manière de Balzac, chez qui certains patronymes prédéterminent la personnalité. Peut-être avait-il choisi « Bovary » pour sa sonorité normande (bovine ?), et sans doute voudra-t-il opposer « Bouvard », dont la corpulence généreuse s'étale dans son suffixe, à l'étroit Pécuchet, qui se rétrécit en un accent aigu. Dans le cas qui nous intéresse, Moreau et Arnoux sont des patronymes d'une parfaite neutralité. Il n'empêche : du moment qu'ils ont, au fil du roman, acquis leur état civil, aucun décret ne saurait les modifier.

La délivrance, annoncée à Jules Duplan, intervient à Paris, le « dimanche matin [16 mai 1869], 5 heures moins 4 minutes » :

« FINI ! mon vieux ! — Oui, mon bouquin est fini !

Ça mérite que tu lâches ton emprunt et que tu viennes m'embrasser.

Je suis à ma table, depuis hier, 8 heures du matin. — La tête me pète. N'importe ! J'ai un fier poids de moins sur l'estomac.

À toi. »

Les frères Goncourt témoignent une semaine plus tard de l'achèvement de l'ouvrage.

« Nous en voyons le manuscrit sur sa table à tapis vert, dans un carton fabriqué spécialement *ad hoc* et portant le titre auquel il s'entête : L'ÉDUCATION SENTIMENTALE, et en sous-titre : *L'Histoire d'un jeune homme.*

Il va l'envoyer au copiste ; car avec une sorte de religion, il garde devers lui, depuis qu'il écrit, le monument immortel de sa copie chirographe. Ce garçon-là met une solennité un peu ridicule aux plus petites choses de sa pénible ponte [1] ... »

Le roman paraîtra chez Michel Lévy, en deux volumes, en novembre 1869 (l'édition porte la date de 1870).

Entre-temps est mort le cher Louis Bouilhet, qui lui avait prodigué tant d'encouragements et de conseils pour l'écriture de son roman. « J'ai enterré avant-hier ma conscience littéraire, mon jugement, ma boussole, — sans compter le reste ! » écrit Flaubert à Frédéric Fovard le 22 juillet 1869. De son autre ami, Maxime Du Camp, il a reçu de mai à juillet une correspondance nourrie de remarques parfois vétilleuses, de style ou de fond, auxquelles il donnera souvent droit [2]. Sainte-Beuve meurt, lui aussi, quelques semaines avant la publication du roman. « La petite bande diminue, les rares naufragés du radeau de la *Méduse* s'anéantissent. J'avais fait *L'Éducation sentimentale*, en partie pour Sainte-Beuve. Il sera mort sans en connaître une ligne ! Bouilhet n'en a pas entendu les deux derniers chapitres. Voilà nos projets ! L'année 1869 aura été dure pour moi ! » (à sa nièce Caroline, le 14 octobre 1869).

Viendront bientôt des chagrins d'un autre ordre : le désastre de la guerre de 1870, l'occupation, les exactions de la

1. Ed. et J. de Goncourt, *Journal*, à la date du 23 mai 1869. « Chirographe » signifie ici « autographe », avec une nuance de moquerie.

2. Ces lettres sont reproduites dans la *Correspondance* de Flaubert, Gallimard, « Bibliothèque de la Pléiade », t. IV, Appendice I, p. 1006-1011.

Commune. D'un autre ordre ? Les désillusions personnelles et politiques sont à ce point conjointes, dans *L'Éducation sentimentale,* qu'on croirait qu'elles en sont les deux faces.

LE TITRE

« Le titre auquel il s'entête », ont noté les Goncourt. Il faut donc supposer que Flaubert demeura sourd aux résistances de son entourage.

L'explication du titre de la première *Éducation sentimentale* de 1845 se trouvait au sein du roman. Au moment de s'embarquer pour l'Amérique avec sa maîtresse, Henry apercevait sur le pont du bateau un pauvre nègre, ancien esclave qui, ayant jadis volé un foulard pour une femme de chambre qu'il aimait, avait été condamné aux galères ; une fois sa peine purgée, il était revenu chercher sa maîtresse et ne l'avait pas trouvée. « Celui-là avait fait son éducation sentimentale », concluait le romancier (chap. XXII). Dès cette époque, l'« éducation sentimentale » signifiait donc pour Flaubert la perte à la fois tragique et dérisoire des illusions.

Le terme d'« éducation » risquait de rebuter l'attente des lecteurs de romans. J.-J. Rousseau avait sous-titré *De l'éducation* son *Émile* (1762), qui était un traité de pédagogie. De Milton à Spencer, le mot « éducation » n'intitule, jusqu'à Flaubert, que des ouvrages plus ou moins didactiques. Seul Goethe avait osé publier en 1796 *Années d'apprentissage de Wilhelm Meister*, qui passa au XIXe siècle pour un modèle du *Bildungsroman* (roman d'apprentissage ou d'éducation). Mais Flaubert prend le contre-pied de ce type de roman, puisque son héros arrive au seuil de la vieillesse sans avoir rien appris et, ce qui est peut-être plus grave, sans avoir appris qu'il n'y avait rien à apprendre. C'est que, sur son éducation, pèse l'adjectif « sentimental » contre lequel *Madame Bovary* nous mettait en garde puisque Emma y était donnée « comme plus sentimentale qu'artiste, cherchant des émotions et non des paysages [1] ». Le sentiment ou, pour être plus clair, la sentimentalité est un état passif de l'âme qu'il convient de dominer pour être artiste, c'est-à-dire créateur, ce dont, malgré ses velléités, Frédéric se révélera toujours incapable.

1. *Madame Bovary*, Ire partie, chap. VI.

L'acception péjorative de « sentimental » n'est pas propre à Flaubert. Quand Laurence Sterne a publié en 1768 *A Sentimental Journey*, traduit en français par *Voyage sentimental*, cet adjectif fut perçu comme un anglicisme, auquel Linguet donnera pour signification : « qui exprime une affectivité un peu mièvre » (*Annales politiques*, X, 1781). L'adjectif, au début du XIXe siècle, produit des dérivés comme « sentimentalisme », « sentimentalité », « sentimentalement ». « Sentimental » continue alors d'être souvent péjoratif. En 1835, on lit dans le *Dictionnaire de l'Académie* que « sentimental [...] ne s'emploie guère qu'ironiquement ». En 1858, Bescherelle écrit : « Le charlatanisme a détruit le sentiment » (d'après P.-M. de Biasi, préface à l'édition du Livre de Poche, p. 13). Mais c'est pour faire l'éloge d'une femme que George Sand dit d'elle, dans *Histoire de ma vie* (1855), qu'« elle était bonne et sentimentale, exaltée dans ses amitiés, implacable dans ses aversions ».

« Titre si beau par sa solidité, — titre qui conviendrait d'ailleurs aussi bien à *Madame Bovary* — mais qui n'est guère correct au point de vue grammatical », commente Proust[1]. Où est l'incorrection ? Dans le lien équivoque de l'adjectif au substantif, suppose-t-on. Voulant signifier l'éducation *du* sentiment (formulation qui eût été neutre), Flaubert déprécie cette éducation en la qualifiant de *sentimentale*. Gageons qu'il était conscient de cette équivoque et qu'il l'a sciemment entretenue.

[1] M. Proust, *op. cit.*, p. 588.

Débaptiser, comme on l'a fait voici quelques années, l'ancienne « carte d'électeur » pour l'appeler « carte électorale » (qui fait confusion avec la carte des circonscriptions) relevait d'une incorrection du même ordre. Mais il s'agissait, probablement, de ne plus froisser les « électrices ». Le « grammaticalement correct » doit savoir s'effacer devant le « politiquement correct ».

L'abstraction du titre principal est corrigée par le sous-titre, « Histoire d'un jeune homme ». Il n'empêche : *L'Éducation sentimentale* est le seul des romans de Flaubert qui ne présente pas en couverture le nom de son héros[2]. Comprenons

[2] Pour son dernier roman, Flaubert passe, en cours d'élaboration, du titre « Les deux commis » à *Bouvard et Pécuchet*.

que le « jeune homme » doit moins nous intéresser comme individu que comme représentant de sa génération.

Le seul titre de Flaubert qui s'apparente à ce sous-titre est « Un cœur simple », premier des *Trois contes* (1877). Le parallèle a ses limites : « Vous verrez par mon *Histoire d'un cœur simple* où vous reconnaîtrez votre influence immédiate que je ne suis pas si entêté que vous le croyez. Je crois que la tendance morale, ou plutôt le dessous humain de cette petite œuvre vous sera agréable ! » écrit Flaubert dans sa dernière lettre à George Sand, le 29 mai 1876. Grâce à sa vieille amie, il aurait donc donné tardivement à son conte une tendresse qui faisait défaut à son traitement (scientifique) de la génération de 1848. Mais, autant que le « cœur simple » (une servante comme on en rencontre des milliers), le « jeune homme » est composé de traits particuliers, parfois étranges, qui contribuent à sa généralité.

« C'est à la cime même du particulier qu'éclôt le général », écrit Proust [1]. Un romancier se démode (ainsi Paul Bourget) quand il cherche à réunir les caractères d'une époque ou d'une classe sociale dans une figure exemplaire, où se donnera à lire un type abstrait plutôt qu'un être singulier. Le « jeune homme » présente chez Flaubert des bizarreries parfois empruntées à la vie et au caractère du romancier lui-même. Mais, dans son sous-titre aussi

1. Cité par Roland Barthes, *La Préparation du roman*, I et II, Seuil/IMEC, 2003, p. 26.

bien que dans son titre, Flaubert a tenu a afficher et à viser le « général ».

Cette valeur de généralité de son individu, Frédéric Moreau n'en a pas lui-même conscience. « Le génie moderne de Flaubert, dans *L'Éducation sentimentale*, c'est de nous présenter un personnage qui vit dans la conviction d'une originalité poussée jusqu'à la solitude, jusqu'à l'exil intérieur, alors que, sans qu'il s'en rende compte, son existence a déjà pris un sens presque exclusivement collectif », écrit Jean Borie[1]. Cette « originalité » passe paradoxalement, chez Frédéric, par l'imitation de modèles : René, Antony, d'autres encore. Bricolant son personnage à partir de figures emblématiques de la génération précédente, il se voit volontiers en héros d'un autre temps. Mais, vivant dans une époque où chacun, à sa manière, ne vise qu'à imiter (en amour, en politique, en art), il réussit moins à se singulariser qu'à participer au naufrage de sa génération.

1. *Frédéric et les amis des hommes*, p. 21.

II. CADRE

GÉOGRAPHIE DU ROMAN

Au commencement du livre, Frédéric, de retour du Havre, s'embarque à Paris pour retrouver sa mère à Nogent-sur-Seine (à une centaine de kilomètres au sud-est de la capitale). De Nogent et de ses alentours, le roman retiendra peu de choses, sinon « les prairies, à moitié couvertes durant l'hiver par les débordements de la Seine » et leurs rangées de peupliers (p. 113), ou encore « la grève du Livon » (p. 277). Pourquoi Flaubert a-t-il donné pour terroir à son héros cette région qu'il ne connaissait guère ? Probablement soucieux d'éviter la Normandie, qui avait servi de cadre à *Madame Bovary*, il s'est néanmoins tenu, pour des raisons symboliques, au cours de la Seine.

Du Havre vient l'héritage dont Frédéric s'était préoccupé avant l'ouverture du roman ; au Havre se sont, paraît-il, embarqués vers la fin du livre Jacques Arnoux et sa femme, à la suite de leur ruine. Dans la première *Éducation sentimentale*, Henry embarquait déjà au Havre pour New York en compagnie de sa maîtresse, et leur aventure américaine occupait deux chapitres du roman ; dans la version de 1869, le port normand sert seulement de point de départ à une fuite supposée vers une destination non identifiée. Que Mme Arnoux soit originaire de Chartres ne prête pas à conséquence au sein de l'intrigue ; Flaubert avait pourtant, dans ses carnets préparatoires, consigné de minutieux repérages de la ville, comme s'il avait eu le projet, finalement abandonné, d'y situer une ou plusieurs scènes de son roman [1]. Une scène, longue d'un après-midi à peine, se passe à la fabrique d'Ar-

---

1. Voir Carnet 13, f° 48 v° à 40, dans Gustave Flaubert, *Carnets de travail*, p. 357-362.

noux, à Creil (ville connue pour ses faïenceries, située à une cinquantaine de kilomètres au nord de Paris, dans l'Oise), et un épisode de quelques jours à Fontainebleau (réputé pour son château et sa forêt, à une soixantaine de kilomètres au sud de Paris). Avant de se lancer, à trente ans passés, dans des voyages marins probablement lointains et non identifiés (« Il connut la mélancolie des paquebots, les froids réveils sous la tente [...] », p. 450), Frédéric ne s'est donc aventuré hors de Nogent et de Paris que pour longer le cours de la Seine ou de l'Oise, son affluent.

La Seine joue un rôle capital tout au long de l'intrigue. Si Frédéric, au début du roman, regagne en bateau le domicile familial, c'est parce qu'il a choisi « la route la plus longue » (p. 20), ne quittant qu'à regret ce Paris où il rêve d'amour et de gloire (quand il aura hérité, au début de la deuxième partie, il y reviendra au plus vite, en voiture). Quelles que soient ses ambitions, il est remarquable que son trajet initial se fasse au rebours de celui de tant de héros romanesques de l'époque, qui « montent » de leur province à Paris ; encore qu'il doive accomplir dans deux mois le chemin inverse, cette « remontée » de la Seine est vécue comme une descente, peut-être symbolique de son destin. Une fois installé dans la capitale, il connaît toutefois, grâce à sa fortune plutôt qu'à son mérite, le sort des étudiants qui réussissent, c'est-à-dire

47

qu'il passe de la rive gauche à la rive droite. Il emménage d'abord dans un hôtel garni du Quartier latin, rue Saint-Hyacinte, à proximité de l'actuelle rue Soufflot, qui n'était pas encore percée (p. 39). Il le quitte bientôt pour un domicile situé quai Napoléon, actuel quai aux Fleurs, dans l'île de la Cité, donc entre les deux rives (p. 44). Ainsi peut-il contempler la Seine dont le cours paresseux reflète son propre désœuvrement : « Il passait des heures à regarder, du haut de son balcon, la rivière qui coulait entre les quais grisâtres, noircis, de place en place, par la bavure des égouts, avec un ponton de blanchisseuses amarré contre le bord, où des gamins s'amusaient, dans la vase, à faire baigner un caniche » (p. 84). Enfin, après avoir reçu son héritage, il choisit un petit hôtel particulier de la rue Rumfort, sur la rive droite, dans le faubourg Saint-Honoré où s'édifient vers le milieu du siècle les demeures de la riche bourgeoisie, et bientôt d'une noblesse qui se trouvait à l'étroit dans son faubourg Saint-Germain (p. 149).

Jacques Arnoux suit, en raison de sa déconfiture, un trajet inverse. Après avoir habité dans l'élégante rue de Choiseul, à proximité des grands boulevards, il doit déménager rue Paradis-Poissonnière, actuelle rue Paradis, c'est-à-dire aller vers l'est de la capitale, à proximité des quartiers ouvriers. Il finira sur la rive gauche, dans une boutique de la rue de Fleurus, qui n'avait pas le même lustre qu'aujourd'hui. Ainsi que l'a observé Pierre Bourdieu, l'aristocratique faubourg Saint-Germain n'est pas représenté dans *L'Éducation sentimentale*[1]. C'est vrai au moins au plan géographique, car il y est question du Comité de la rue de Poitiers (p. 393) qui réunissait en plein « faubourg » les partisans de la monarchie légitime. M. Dambreuse, noble authentique, a, contrairement à tant de roturiers qui se dotaient d'une particule, renoncé à se faire appeler de son vrai nom, le comte d'Ambreuse (p. 36), pour mieux se tourner vers l'industrie, c'est-à-dire qu'il a choisi d'appartenir aux orléanistes du faubourg Saint-Honoré plutôt qu'aux légitimistes du faubourg Saint-Germain. Quant au vicomte de Cisy, le seul personnage du roman à se piquer d'aristocratie, il est plus ou moins un déclassé.

Les rêves d'un ailleurs n'ont pas manqué à Frédéric, surtout à l'époque où il s'est trouvé ruiné : « Il voulait se faire trappeur en Amérique, servir un pacha en Orient, s'embarquer comme matelot » (p. 113) ; mais, comme toujours, la démesure même de ses ambitions lui a servi de prétexte pour ne rien faire. Ses rêves sont, du début à la fin, chargés d'un exotisme oriental, représenté par l'apparence créole de Mme Arnoux ou la prétendue origine turque de la maquerelle qui tenta de l'attirer alors qu'il était presque un enfant. Si le roman s'élargit, à l'approche du dénouement, vers des horizons moins indécis ou moins mythiques, c'est au

[1] Voir *Les Règles de l'art*, p. 68.

profit de lieux figurant le prosaïsme ou la médiocrité : la Bretagne, où les Arnoux se sont retirés pour vivre avec économie, Bordeaux, où leur fille aînée s'est mariée, Mostaganem (en Algérie), qui ne se pare d'aucun exotisme puisque leur fils y est en garnison (p. 451).

Emma Bovary pouvait à longueur de roman rêver de Paris, où elle n'allait jamais : elle nourrissait l'illusion qu'un lieu au moins existait, où les illusions avaient chance de se réaliser. Le Parisien Frédéric aura fait le tour du monde, en rêve d'abord, en paquebot ensuite ; de tous ces voyages surnage une vague chimère, le mirage turc. La « mélancolie » qu'il éprouve en haute mer fait écho aux « vers mélancoliques » qu'il déclamait lors de son premier voyage sur *La Ville-de-Montereau* (p. 20). Le lecteur accueillait avec un soupçon d'ironie cette forme de génie consistant à déclamer les vers des autres ; à la fin du roman, Frédéric ne déclame plus rien du tout. « Yvetot donc vaut Constantinople », écrivait Flaubert pour signifier qu'« il n'y a pas en littérature de beaux sujets d'art[1] » (à Louise Colet, 25 juin 1853) et qu'un trou de province offre en conséquence, pour le créateur, autant de richesse qu'une ville mythique. En corollaire, Paris ou des pays lointains valent Yonville, entendez que, pour qui s'abandonne au sentiment, les mirages sont pareillement improductifs, qu'ils se développent dans la capitale, au-delà des mers ou dans un bourg normand.

1. Déjà le mirage turc ?

A-t-on remarqué que l'ultime entretien de Frédéric et de Deslauriers n'était pas localisé par le romancier ? On ne sait si les deux amis échangent leurs confidences à Paris ou à Nogent. Ce dialogue situé dans un « hors-temps » (même s'ils ne sont pas très vieux, Frédéric et Deslauriers ont passé l'âge de l'amour et de l'action) n'a pas davantage de « lieu » : il pourrait se dérouler n'importe où, puisque seuls comptent, désormais, les lieux du souvenir.

CHRONOLOGIE

La première partie du roman (101 pages) va du départ de *La Ville-de-Montereau* jusqu'à l'héritage de Frédéric. Elle correspond à cinq années, mais le dernier chapitre (chap. VI) expédie à lui tout seul en moins de dix pages deux années entières, celles où Frédéric, ruiné, se morfond à Nogent. On a assez parlé de la lenteur de *L'Éducation sentimentale* : au moins, dans le rythme en accordéon adopté par Flaubert, le temps est-il accéléré (de façon conventionnelle, si l'on ose dire) du moment qu'il ne se passe rien. Comme il se passe moins de choses à Nogent qu'à Paris, l'ouvrage correspond à sa vocation initiale : celle d'être un « roman parisien ».

La deuxième partie (190 pages), la plus longue, ne couvre que deux années, du début de 1846 au 22 février 1848.

La troisième partie (146 pages) couvre, pour les chapitres I à V, la période qui va du 23 février 1848 au 4 décembre 1851. Puis le chapitre VI résume en dix lignes plus de quinze années, avant de nous situer en mars 1867. Le dernier chapitre, qui débute par « Vers le commencement de cet hiver », est supposé coïncider avec le présent du narrateur ; le roman ayant été achevé en mai 1869, nous nous trouvons donc aux alentours de décembre 1868 [1].

1. Pour la chronologie du roman, voir Dossier, p. 165.

Certaines dates sont précisément indiquées par Flaubert. D'autres peuvent être déduites, soit grâce à la chronologie de l'intrigue, soit grâce aux événements historiques de l'époque.

Deux seulement comportent l'heure, le jour, le mois et l'année : 1) Frédéric s'embarque de Paris pour Nogent « le 15 septembre 1840, vers six heures du matin » (p. 19). 2) Il apprend qu'il hérite de son oncle « le 12 décembre 1845, vers neuf heures du matin » (p. 117). Ces deux dates, décisives dans l'existence du héros, n'ont de signification que dans la fiction.

M. Dambreuse subit la dernière atteinte de sa maladie « le 12 février, à cinq heures » (p. 406) ; l'année, cette fois, n'est pas précisée, mais puisque les personnalités assistant aux obsèques y discutent du « refus d'allocation fait par la Chambre au Président » (p. 412), le lecteur doit comprendre que nous sommes en 1851. Plus vaguement, Flaubert écrit « Vers la fin de mars 1867 » pour dater la dernière visite de Mme Arnoux à Frédéric (p. 451). Ce vague étonne : la clôture définitive de la grande passion n'a donc pas constitué, dans l'existence de Frédéric, une date sacramentelle ?

Plus précisément marquée, la date du « 1ᵉʳ décembre, jour même où devait se faire la vente de Mme Arnoux » (p. 444), n'intéresse *a priori* que la fiction, mais, comme nous sommes en 1851, nous savons que se prépare au même moment le coup d'État de Louis-Napoléon Bonaparte (2 décembre). Ce coup d'État dégénérera en manifestations durement réprimées, en particulier le 4 décembre, jour où Sénécal tuera Dussardier [1]. « Un matin du mois de décembre » (p. 44) renvoie aux émeutes qui se déclenchèrent au Quartier latin en décembre 1841. Le rendez-vous rue Tronchet consenti « vers le milieu de février » (p. 301) par Mme Arnoux est fixé pour « mardi prochain » (p. 302) ; la révolution débutant justement ce jour-là, nous savons que ce mardi est le 22 février 1848. « Arrivé le 26 à Paris avec les Nogentais », écrit Flaubert à propos du père Roque (p. 367) ; préciser « juin » eût été redondant, puisque le passage traite tout entier des journées de Juin.

Qui veut prendre une idée exacte du déroulement chronologique de l'intrigue devra, en dehors de ces repères, soit se livrer à des calculs (par exemple en enregistrant les changements de saison), soit rattacher les événements à des dates d'une actualité peu familière aux lecteurs

[1]. Voir Dossier, p. 194.

d'aujourd'hui. Entre le premier dîner de Frédéric chez les Arnoux, vers février 1842, et son retour à Nogent, en septembre 1843, les événements seront datés par déduction : on suppose que le « samedi 24 » où l'on fête à Saint-Cloud la Sainte-Angèle est celui de mai [1], et nous avons appris précédemment qu'on passait en août les examens de droit. Frédéric passe plus de deux années à Nogent jusqu'à ce mois de décembre 1845 où, grâce à son héritage, il peut revenir s'installer à Paris.

Mme Arnoux était-elle déjà enceinte à l'époque où Frédéric a été obligé de quitter Paris ? Quand il la retrouve, au début de la deuxième partie, elle porte sur ses genoux un petit garçon de trois ans (p. 128). Le lecteur doit recourir aux notes de son édition pour savoir que, si on s'entretient d'un « nouveau drame », *La Reine Margot*, d'Alexandre Dumas (p. 181), c'est qu'on se situe peu après le 20 février 1847, jour de sa première représentation, ou pour dater de la même période les « affaires Drouillard et Bénier, scandales de l'époque » (p. 241), voire le succès de librairie de l'*Histoire des Girondins*, de Lamartine (p. 257). Après avoir perdu en bourse une partie de sa fortune « à la fin de juillet » (p. 267) et séjourné un mois à Nogent, Frédéric revient à Paris « à la fin du mois d'août » (p. 280). Il peut alors entendre Deslauriers brosser un sombre tableau de la situation politique de la France en cet automne de

[1]. On en a la confirmation grâce aux brouillons de Flaubert. La Sainte-Angèle est en réalité fêtée le 27 janvier (voir l'édition du roman établie par P.-M. de Biasi, p. 147, note 3).

1847 (p. 288), mais aussi accueillir les commentaires qui suivent la première représentation d'un nouveau drame de Dumas, *Le Chevalier de Maison-Rouge* (p. 290).

Cette vieille bête de « jour de l'an » a, grâce aux cartes de vœux dont il est l'occasion, signalé le début de l'année 1841 (p. 40) ; ses « embarras » permettent de marquer l'entrée dans l'année 1848 (p. 300). Les événements bien connus de la révolution de Février, puis des journées de Juin, à un moindre degré la vie politique de la Seconde République jusqu'au coup d'État, aideront le lecteur à se repérer durant la troisième partie. On devra toutefois recourir, à nouveau, aux notes de l'édition du roman pour être informé des dessous de l'« affaire du Conservatoire », évoquée très allusivement (p. 394), et en déduire que nous sommes alors au mois de juin 1849, ou pour dater de la même époque le grand succès du vaudeville *La Foire aux idées* (p. 394). Quant au coup d'État, nous l'avons vu, il faut un événement privé pour que s'annonce son imminence.

L'impression générale reçue par le lecteur de *L'Éducation sentimentale* est celle d'un temps qui s'écoule, à l'image de la Seine, en nivelant les événements, ou, si l'on préfère, d'un « trottoir roulant[1] ». Flaubert relie volontiers ses séquences par des « Alors », adverbes de valeur d'abord temporelle, à laquelle s'ajoute (mais est-ce toujours si sûr ?) une valeur

---

1. Voir *supra*, p. 27.

de cause[1]. On doute parfois, en effet, qu'une logique préside à l'enchaînement des pensées et des actes des personnages, en particulier du héros, dont la conscience unifie plus ou moins l'univers du roman.

Cette monotonie est brisée par quelques temps forts. Que deux d'entre eux se situent à la fin des première et deuxième parties prouve l'importance que Flaubert a continué d'attacher aux grandes divisions de son roman. À la fin de la première, l'héritage reçu par Frédéric est un coup de théâtre, qui relance l'intrigue au moment où elle semblait devoir s'enliser. À la fin de la deuxième, sa nuit passée avec Rosanette dans la chambre destinée à Mme Arnoux met un comble à la confusion des sentiments. La solennité de l'alexandrin « Et Frédéric, béant, reconnut Sénécal » (chap. VI) semble clore la troisième. Mais, de même qu'elle s'est ouverte sur l'impression d'une descente, l'intrigue va se terminer sur un *decrescendo*. Celui-ci est à deux étages. La dernière visite de Mme Arnoux est en effet conclue par un « Et ce fut tout » (chap. VII) trompeur : la formule vaut pour la grande passion, non pour le roman. Il faut encore, pour que tout soit dit, que Frédéric et Deslauriers reviennent sur leur passé : « C'est ce que nous avons eu de meilleur » (chap. VIII). Alors que le chapitre VI s'est clos sur une annonce funèbre, et le chapitre VII sur une note nostalgique, le dernier mot du roman, « meilleur », sonne positivement.

[1]. Quatre « Alors » des pages 189 à 192 ! Au lieu de s'acharner sur de prétendues fautes de grammaire, Maxime Du Camp aurait mieux fait de veiller à ces répétitions.

De même *Madame Bovary* s'achevait-elle heureusement sur la « croix d'honneur » de M. Homais. Mais les deux dénouements sont ironiques et tristes : celui de *Madame Bovary* parce que la décoration du pharmacien signifiait le triomphe de la bêtise, celui de *L'Éducation sentimentale* parce que Frédéric et son ami n'ont couru après le bonheur que pour le découvrir, finalement, au fond de leurs souvenirs.

HISTOIRE ET FICTION

Flaubert craignait d'écrire deux récits hétérogènes (l'un historique, l'autre fictif), où Lamartine « intéresserait » plus que Frédéric. Il a fini par réduire à la portion congrue le rôle de l'homme qui fut, de la révolution de Février jusqu'à l'élection présidentielle, la figure de proue des républicains. Jamais, contrairement à Walter Scott, il ne met en présence figures historiques et figures de fiction, et, jusque dans les discussions de ses personnages, il évite, dirait-on, de donner trop de place aux noms qui ont fait l'histoire de 1848. D'où l'importance du « Club de l'Intelligence » (p. 330), inventé mais vraisemblable, ou du « mystère de la tête de veau » (p. 334, 386, 457), invraisemblable et pourtant authentique, c'est-à-dire d'éléments qui donnent du liant au mélange de réel et de fictif dont se compose le roman, tandis que les principales lois de la Seconde République sont traitées par des allusions, et que le récit des grandes journées révolutionnaires, s'il ne comporte pas d'erreurs historiques majeures, est assez souvent focalisé par le héros pour devenir prioritairement romanesque.

La date par laquelle débute le roman, le 15 septembre 1840, signifie la primauté de la fiction. Jusqu'à Flaubert, les romanciers justifiaient souvent leur récit en le présentant comme des mémoires, ou comme un itinéraire touristique, ou encore comme un document historique. On connaît le début de *La Chartreuse de Parme*, de Stendhal : « Le 15 mai 1796, le général Bonaparte fit son entrée dans Milan [...] [1] », page d'histoire bien réelle sur laquelle va se greffer l'aventure de personnages imaginaires. Que s'est-il passé le 15 septembre 1840 ? Rien, sinon que Frédéric s'est embarqué sur *La Ville-de-Montereau* — événement capital pour qui, cédant aux prestiges du roman, croit à Frédéric Moreau comme s'il avait vraiment existé. On pourra désormais, même si ce n'est pas du goût de tout le monde, écrire au début d'un livre : « La marquise sortit à cinq heures. » L'arbitraire de la chronologie du roman, Flaubert en joue malicieusement quand il choisit comme deuxième date fictive un 12 décembre, c'est-à-dire le jour de son anniversaire. Décidément attaché à cette échéance [2], il se livre, pour l'occasion, à un trait d'égotisme peu ordinaire dans l'ensemble de son œuvre.

1. On lit toutefois au début du *Comte de Monte-Cristo* (1845), d'Alexandre Dumas : « Le 24 février 1815, la vigie de Notre-Dame-de-la-Garde signala le trois-mâts le *Pharaon* [...]. »

2. Voir *supra*, p. 23-24.

L'Histoire, toutefois, commande pour l'essentiel le déroulement du roman. Elle explique que soient représentées de façon très inégale les vingt-huit années couvertes par l'intrigue.

Deux distorsions sont particulièrement significatives :

1) L'année 1848, si riche en événements politiques et révolutionnaires, occupe moins de place que l'année 1847 (environ quatre-vingts pages pour 1848, cent vingt pour 1847). C'est le signe que, pour la génération de Frédéric, les discussions comptent plus que l'action : en 1847 se sont multipliés, verbalement au moins [1], les signes d'opposition à la monarchie de Louis-Philippe.

2) L'ellipse, ou plutôt le « sommaire [2] », placé au début du chapitre VI de la troisième partie, a une forte valeur expressive. Proust, qui qualifie de « grand blanc » l'effet ainsi produit, y voit la plus belle réussite du roman [3]. L'effilochement du temps se traduit à l'œil nu en ces quelques lignes qui survolent quinze années : « Il voyagea », « Il revint » (p. 450) forment chacun, à soi seul, un paragraphe séparé. Il ne se passe plus rien, au plan politique, pendant ces années où Frédéric voyage, puis revoit Mme Arnoux, puis discute du passé avec Deslauriers.

Histoire et fiction se croisent souvent, Flaubert s'ingéniant à conjuguer les événements publics et les événements privés.

En datant le début de l'intrigue de l'année 1840, il fait coïncider la généra-

---

1. C'est l'année de la fameuse campagne des Banquets, où l'on parlait plus qu'on ne mangeait.
2. Gérard Genette propose ce terme dans *Figures III*, Seuil, 1972, p. 130-133. Il y aurait véritablement « ellipse » si l'on enchaînait directement du meurtre de Dussardier au mois de mars 1867.
3. Voir article cité.

tion de Frédéric Moreau avec la sienne : lui aussi avait dix-huit ans à cette époque. Il se rappelle ainsi commodément quel était son état d'esprit, au même âge, face aux événements auxquels sera confronté son héros. Mais le choix de 1840 a aussi une signification historique : c'est le début des « années Guizot ». Quoiqu'il n'ait que le titre de ministre des Affaires étrangères, Guizot est en effet, désormais, le vrai maître du régime [1]. À sa politique conservatrice, Louis-Philippe devra de perdre progressivement sa popularité. Les manifestations estudiantines de décembre 1841, où l'on crie à la fois « À bas Guizot ! » et « À bas Louis-Philippe ! » (p. 46-47), en sont, dans *L'Éducation sentimentale*, le premier indice. Illustrée par une forme de descente prémonitoire du héros, l'ouverture du roman coïncide aussi avec le début de la longue descente du régime vers sa chute.

Une simple coïncidence veut que Mme Arnoux donne rendez-vous à Frédéric le jour où éclatera la révolution de Février. Tandis que le jeune homme maudit les émeutiers qui empêchent Mme Arnoux de se rendre jusqu'à la rue Tronchet, un empêchement d'une autre nature (la maladie de son fils) la retient chez elle. À l'orée de la révolution, Frédéric se croit maudit par l'Histoire. Aux vrais hasards de la vie s'ajoutent souvent ceux que nous imaginons [2]. On mettra donc au compte de l'ironie de Flaubert

1. Voir Dossier, p. 180.

2. Sur le rôle du hasard, voir *infra*, p. 128.

cette coïncidence dénuée de vraie conséquence.

Une autre ironie, plus amère, le conduit à situer à la veille du coup d'État la vente aux enchères du mobilier et des objets de Mme Arnoux. Dans ce roman où l'amour a souvent à voir avec la matière autant qu'avec l'âme, la dispersion de tout ce qu'a touché la femme aimée signifie la perte des dernières illusions. Le lendemain s'envoleront pareillement les illusions de ceux qui ont cru que la révolution de février 1848 déboucherait sur la liberté et l'égalité.

Parmi les illusions subsistait au moins la croyance en l'amitié. En sombrant, celle-ci tourne définitivement en dérision la foi dans les idéologies. Car c'est au nom de l'ordre bourgeois que Sénécal, théoricien de la révolution, tue son ami Dussardier. Les voyages de Frédéric sont une fuite hors d'un monde qui ne vaut plus la peine qu'on y vive ; et, comme ils ne répondent à aucune curiosité touristique, ils ne méritent pas d'être racontés. Le romancier n'écrit pas que la mort de Dussardier provoque l'exil de Frédéric : faisant office de parataxe, le « sommaire » qui ouvre le chapitre VI suffit à le suggérer. Cette mort est un événement privé puisque Dussardier et Sénécal sont deux figures imaginaires. Mais, symbolisant la confusion des idéologies, elle signifie en même temps la fin de l'Histoire.

On pourrait estimer que ce silence est, par lui-même, accablant à l'égard du Second Empire, qui continue de prospérer à l'époque où Flaubert achève *L'Éducation sentimentale*. À Victor Hugo, exilé qui aligne vers et pamphlets contre Napoléon III, faudrait-il donc associer Gustave Flaubert, figure muette et réprobatrice de l'intérieur ? On lui a parfois reproché, au contraire, ses complaisances envers le régime impérial, surtout du moment où, s'étant pris d'intérêt pour *Salammbô*, l'empereur l'invita dans son château de Compiègne. Ni opposant, ni partisan, Flaubert, dans ses lettres, surnomme volontiers « Badinguet » celui dont il accepte pourtant la protection. Les Français, à ses yeux, pâtissent de l'absolutisme parce que, à force d'entretenir de sottes chimères, ils n'ont pas mérité autre chose. Si les derniers chapitres de *L'Éducation sentimentale* sonnent, jusqu'aux plans historique et politique, comme un constat désabusé, ils reflètent, aussi bien qu'en amour, l'état d'âme de leur auteur.

III. PERSPECTIVES

LE « JE » ET LE « IL »

Le sujet de *L'Éducation sentimentale* n'était pas neuf. *Volupté* (1834), de Sainte-Beuve, ou *Le Lys dans la vallée* (1836), de Balzac, racontaient déjà, l'un et l'autre, l'histoire d'un jeune homme qui, amoureux d'une femme mariée et vertueuse, cherchait dans des amours charnelles ou mondaines de vaines consolations à sa passion. Le roman de Sainte-Beuve, écrit à la première personne, était, de l'aveu de son auteur, « très peu un roman », plutôt une confession à peine déguisée où le héros Amaury illustrait, à la suite du *René* de Chateaubriand, le « naufrage des passions ». Celui de Balzac, tout entier composé (à l'exception des trois dernières pages) d'une très longue lettre adressée par Félix de Vandenesse à sa maîtresse Natalie de Manerville, est également écrit à la première personne ; il doit à l'héritage du héros de Chateaubriand... et aussi à Sainte-Beuve. « Il me le payera ; je lui passerai ma plume au travers du corps. [...] Je referai *Volupté* », aurait déclaré Balzac, vexé par un article malveillant que Sainte-Beuve avait consacré en 1834 à un de ses romans, *La Recherche de l'Absolu*[1]. Peut-être Flaubert a-t-il voulu, à son tour, refaire *Volupté* ? On interprète généralement ainsi la phrase écrite à Caroline après la mort de Sainte-Beuve[2]. Au moins n'était-il animé par aucun esprit de revanche. Et le roman a été « refait », cette fois, à la troisième personne. Le modèle de Balzac, pour le moins, lui a semblé encombrant : « Prendre garde au *Lys dans la vallée* », se recommande-t-il dans ses Carnets[3].

L'Éducation sentimentale aurait-elle été de nature foncièrement différente si Flau-

---

1. C'est Sainte-Beuve lui-même qui l'affirme, d'après un témoignage de Jules Sandeau, dans ses *Portraits littéraires*.
2. Voir *supra*, p. 40.

3. Carnet 19, f° 36, dans Gustave Flaubert, *Carnets de travail*, p. 290.

bert avait dit « je » plutôt que « Frédéric » ? Il a dit « je » pour la dernière fois dans *Novembre* (1842), récit qui fut, écrit-il à Louise Colet le 2 décembre 1846, « la clôture de [sa] jeunesse ». Cette confidence touche explicitement au sujet du livre : à la suite des amours qui y sont contées, Flaubert est devenu adulte. Elle vaut aussi pour son métier de romancier : il s'est appliqué dès 1843, en commençant la première *Éducation sentimentale*, à distancer son écriture. Le mode du récit a des incidences morales. Une confession ouvre naturellement la voie au jugement. C'est ainsi que le blâme pèse, à la fin du récit, sur Amaury aussi bien que sur Félix : la préface écrite par Sainte-Beuve pour *Volupté*, la réponse de Natalie de Manerville à son amant, ne laissent, sur ce point, aucune équivoque. Jamais Flaubert ne préface ses romans et, quand Frédéric et Deslauriers ont prononcé leurs dernières répliques, il appartient au lecteur de juger.

Il est vrai que, une fois qu'il a été présenté à la première page, Frédéric oriente de son regard et de sa conscience la quasi-totalité du récit. De son embarquement sur *La Ville-de-Montereau* jusqu'aux dernières paroles échangées avec son ami Deslauriers, nous tenons pour certain que rien n'advient d'important dans sa vie dont nous ne soyons informés. Son existence est, de surcroît, retracée comme elle le serait dans une biographie : si l'on excepte un bref retour en arrière sur son passé et celui de Deslauriers, au début du deuxième chapitre, le récit est continûment linéaire et plus unifié que dans *Madame Bovary*, dont le cadre temporel était déterminé non par la vie de l'héroïne, mais par celle de son mari. En somme, *L'Éducation sentimentale* évite les facilités de la confidence, directe ou transposée ; mais elle semble aussi offrir, du moment qu'elle suit l'itinéraire d'une conscience, les chances d'une homogénéité où se réaliserait au mieux un idéal depuis longtemps affiché par Flaubert.

LES INTERVENTIONS DU ROMANCIER

« Je veux qu'il n'y ait pas dans mon livre *un seul* mouvement, ni *une seule* réflexion de l'auteur », écrivait Flaubert à Louise Colet le 8 février 1852, à l'époque où il commençait *Madame Bovary*, avant de réitérer le 9 décembre suivant : « L'auteur, dans son œuvre, doit être comme Dieu dans l'univers, présent partout, et visible nulle part. » Déjà infidèle à cet idéal dans sa *Bovary*, qu'émaillent des maximes qui se lisent comme des vérités d'auteur[1], il l'est davantage encore dans *L'Éducation sentimentale*.

Certaines de ses interventions relèvent du discours historique, c'est-à-dire que non seulement elles prennent en charge un savoir historique avéré (ce qui vaut pour une grande partie du roman), mais

1. Par exemple : « la parole humaine est comme un chaudron fêlé où nous battons des mélodies à faire danser les ours, quand on voudrait attendrir les étoiles » (IIe partie, chap. XII).

elles le présentent directement en vue de l'information et de la réflexion du lecteur. La première de ces interventions est, si l'on ose dire, la plus grossière. À la suite de « l'Alhambra », dont le nom est prononcé par Deslauriers, Flaubert ouvre une parenthèse : « (C'était un bal public ouvert récemment au haut des Champs-Élysées, et qui se ruina dès la seconde saison, par un luxe prématuré dans ce genre d'établissements) » (p. 89). On s'attendrait à lire plutôt en note une information de ce type... À sa façon, elle justifierait l'épithète de « balzacienne » donnée parfois à l'*Éducation* (mais la digression, chez Balzac, aurait duré trois pages plutôt que trois lignes). Au discours historique appartient aussi l'indication sur l'origine de ce qui allait devenir, sous le Second Empire, une sorte d'institution : « Les salons des filles (c'est de ce temps-là que date leur importance) étaient un terrain neutre » (p. 422) [1]. Auparavant, c'est par une simple proposition relative que Flaubert avait signifié l'écart séparant son lecteur des réalités de l'époque : « Ces élégances, qui seraient aujourd'hui des misères pour les pareilles de Rosanette, l'éblouirent » (p. 137). Ce sont les splendeurs (et la décadence de mœurs) du Second Empire qui sont suggérées par cette seule incidente. Ces deux dernières réflexions supposent l'existence d'un présent du narrateur plus nettement constitué que dans *Madame Bovary*, qui a laissé les critiques divisés sur l'époque

1. On trouve dans le même paragraphe une autre parenthèse, facilité d'écriture à laquelle Flaubert répugne d'ordinaire : « Hussonnet, qui se livrait au dénigrement des gloires contemporaines (bonne chose pour la restauration de l'Ordre) [...] », mais il s'agit moins ici d'une information que d'une réflexion malicieuse du romancier.

où monsieur Homais reçoit la Croix d'honneur. Les interventions historiques dans *L'Éducation sentimentale* sont surprenantes par leur rareté même. Plus nombreuses, elles rapprocheraient l'ouvrage de la production courante de l'époque ; du moment qu'elles sont exceptionnelles, on a le sentiment qu'elles entachent le projet esthétique de Flaubert.

D'autres interventions du romancier prouvent qu'il n'a pas dépouillé en lui le moraliste, formé à l'école de La Rochefoucauld et de La Bruyère [1]. Parmi elles : « Rien n'est humiliant comme de voir les sots réussir dans les entreprises où l'on échoue » (p. 81) ; « les passions s'étiolent quand on les dépayse » (p. 129) ; « L'action, pour certains hommes, est d'autant plus impraticable que le désir est plus fort » (p. 193) ; « En plongeant dans la personnalité des autres, il oublia la sienne, ce qui est la seule manière peut-être de n'en pas souffrir » (p. 209) ; « Il croyait les avoir blessés, ne sachant pas quel large fonds d'indifférence le monde possède ! » (p. 266). Dans ces deux derniers exemples, la réflexion du romancier, prolongeant la pensée de son personnage, supplée, grâce à une sagesse supérieure, à son manque de pénétration ou d'expérience. D'interprétation plus incertaine est cette longue comparaison, enchaînant sur une méditation de Frédéric : « Les cœurs des femmes sont comme ces petits meubles à secret, pleins de tiroirs emboîtés les uns dans les autres ; on se donne

---

[1] « Hier soir j'ai lu du La Bruyère en me couchant. Il est bon de se retremper de temps à autre dans ces grands styles-là » (à Louise Colet, 13 octobre 1846).

du mal, on se casse les ongles, et on trouve au fond quelque fleur desséchée, des brins de poussière — ou le vide ! Et puis il craignait peut-être d'en trop apprendre » (p. 420). Le « et puis » qui introduit la pensée pratique et banale de Frédéric semble, par la continuité qu'il instaure, lui attribuer du même élan la comparaison très littéraire qui précède. On n'est pourtant guère préparé à voir Frédéric s'élever à une pareille qualité de style et de pensée... À plus forte raison, quand Flaubert écrit que, avant de se coucher, Rosanette « montrait toujours un peu de mélancolie, comme il y a des cyprès à la porte des cabarets » (p. 422), nous devinons que le romancier se détache de la pensée de son personnage pour formuler une des comparaisons les plus réussies du roman.

On appliquera une analyse voisine à la fin du chapitre IV de la deuxième partie de *Madame Bovary* : « L'amour, croyait-elle, devait arriver tout à coup, avec de grands éclats et des fulgurations — ouragan des cieux qui tombe sur la vie, la bouleverse, arrache les volontés comme des feuilles et emporte à l'abîme le cœur entier. Elle ne savait pas que, sur la terrasse des maisons, la pluie fait des lacs quand les gouttières sont bouchées, et elle fût ainsi demeurée en sa sécurité, lorsqu'elle découvrit subitement une lézarde dans le mur. » Au moins paraît-il patent, dans cet exemple, qu'il est dans les moyens d'Emma de recourir à des comparaisons banales (ouragan, feuilles...), mais non d'en imaginer de plus raffinées, qui lui auraient pourtant découvert la vérité de son cœur.

Ces exemples sont de nature à nuancer le jugement de Proust selon qui il n'y a peut-être pas, dans toute l'œuvre de Flaubert, une seule belle métaphore. Il faudrait concéder que, pour le moins, il sait inventer de belles comparaisons. Mais ces figures demeurent rares, en effet, dans l'ensemble de son œuvre. Paul Souday en a fourni jadis la meilleure explication : « Le plus souvent, il [Flaubert] n'emploie ni la comparaison, ni la métaphore, parce que ce sont surtout les écrivains abstraits qui en ont besoin pour relever leur grisaille de quelques touches plus vives, tandis qu'il se meut constamment dans le sensible et le concret, et que son style est tout en couleur et en images » (« Flaubert et Marcel Proust », *Paris-Midi*, 9 janvier 1920, cité dans *Flaubert savait-il écrire ? Une querelle grammaticale, 1919-1921*, p. 103).

Les jugements sont parfois, non point plaqués tels des aphorismes, mais explicitement appelés par la conduite ou les sentiments de ses personnages. « — Moi, à ta place, dit Deslauriers, je m'achèterais plutôt de l'argenterie, décelant, par cet amour du cossu l'homme de mince origine » (p. 133) ; plus loin, à propos de Frédéric : « En plongeant dans la personnalité des autres, il oublia la sienne, ce qui est la seule manière peut-être de n'en pas souffrir » (p. 209) et « La pourriture de ces vieux l'exaspérait ; et, emporté par la bravoure qui saisit quelquefois les plus timides, il attaqua les financiers, les députés [...] » (p. 265). Ces généralisations à partir d'un cas singulier deviennent plus nombreuses du moment où la Révolution prend une place centrale dans l'intrigue : « — Ah ! on casse quelques bourgeois, dit Frédéric tranquillement, car il y a des situations où l'homme le moins cruel est si détaché des autres, qu'il verrait périr le genre humain sans un battement de cœur » (p. 311), ou : « [...] et on fut indigné, en vertu de cette haine que provoque l'avènement de toute idée parce que c'est une idée [...] » (p. 324). Dès qu'il s'agit de politique, Flaubert se montre plus impatient de tirer des enseignements, à tous coups désabusés, du comportement des individus. Sur le point d'achever son roman, il renouvelle pourtant, en l'appliquant à la politique, son principe d'impassibilité : « Je ne me reconnais pas le droit d'accuser personne. Je ne crois pas que le romancier doive exprimer *son* opinion sur les choses » (à George Sand, 10 décembre 1868). Ainsi le romancier se refuse-t-il, au nom de la Science, à prendre parti. Il laisse toutefois doubler sa voix, ici ou là, par celle d'un moraliste, qui nous empêche d'être dupe. Nous ne mentionnons pas les scènes qui parlent d'elles-mêmes : quand le père Roque lâche son coup de fusil sur le visage d'un homme qui lui réclame du pain (p. 368), on comprend que le commentaire du romancier eût été superflu.

Il arrive aussi à Flaubert de procéder de façon inverse : une réflexion, que l'on croyait de portée générale, est en réalité appelée par le comportement ou la psychologie d'un personnage, et elle a fonction de l'expliquer par avance. Le romancier, par exemple, paraît tenir un discours d'historien, lors du séjour de Frédéric et Rosanette à Fontainebleau, quand il écrit : « Les résidences royales ont en elles une mélancolie particulière, qui tient sans doute à leurs dimensions particulières pour le petit nombre de leurs hôtes [...] », mais sa véritable intention pointe à la conclusion du paragraphe : « — et cette exhalaison des siècles, engourdissante et funèbre comme un parfum de momie, se fait sentir même aux têtes naïves. Rosanette bâillait démesurément. Ils s'en retournèrent à l'hôtel » (p. 352). Engourdissant pour n'importe quel visiteur, ce décor chargé d'histoire l'est *même* pour une « tête naïve » comme celle de Rosanette. En somme, le bâillement de la jeune fille n'est pas le symptôme de son ignorance : un esprit distingué aurait *à plus forte raison* eu envie de bâiller, mais, conscient de ses devoirs, il s'en serait probablement empêché. À une analyse voisine ressortit l'observation du romancier décrivant les roches de la forêt : « Mais la furie même de leur chaos fait plutôt rêver à des volcans, à des déluges, aux grands cataclysmes ignorés. Frédéric disait qu'elles étaient là depuis le commencement du monde et resteraient ainsi jusqu'à la fin » (p. 355). La docte réflexion du héros se déduit, dirait-on, de la comparaison romantique de Flaubert. Mais celui-ci a forgé cette comparaison au service de son personnage ; elle sert de tremplin à l'imagination de Frédéric et fournit matière à son observation, assez niaise, sur l'éternité de la nature.

CE QUI ÉCHAPPE À FRÉDÉRIC

En plusieurs occasions, le point de vue du romancier se fait tout à fait étranger à celui de son héros. Ces décrochages sont assez exceptionnels, dirait-on, pour que Flaubert ait besoin de souligner l'absence de Frédéric ; ainsi d'une scène au bal de l'Alhambra, entre Cisy et une Andalouse : « Enfin, au mot d'argent lâché par elle, Cisy proposa cinq napoléons, toute sa bourse ; la chose fut décidée. Mais Frédéric n'était plus là » (p. 91). Les brefs passages de ce type sont toutefois moins importants que trois scènes où Flaubert ouvre les yeux du lecteur sur des sentiments ou des événements ignorés de son héros. Si celui-ci en avait eu le soupçon, ils auraient eu quelque chance d'enrichir son éducation sentimentale.

1) Quand Mme Arnoux lui rend pour la première fois visite, Frédéric lui offre une rose qu'elle emporte précieusement. « Elle appela d'un geste la bonne, qui prit l'enfant sur son bras ; puis, au seuil de la porte, dans la rue, Mme Arnoux aspira la fleur, en inclinant la tête sur son épaule, et avec un regard aussi doux qu'un baiser » (p. 211). Si Frédéric pouvait apercevoir ce geste de tendresse qu'elle

n'ose qu'après l'avoir quitté, concevrait-il un peu plus de confiance dans les sentiments qu'elle lui porte ?

2) Quelque temps après, mû par la jalousie, Deslauriers se rend chez Mme Arnoux pour lui faire une déclaration d'amour extravagante, appuyée sur la nouvelle du prochain mariage de Frédéric. Une fois qu'elle a chassé l'importun, Mme Arnoux s'approche de la fenêtre pour respirer.

« "Il va se marier ! est-ce possible !"
Et un tremblement nerveux la saisit.
"Pourquoi cela ? est-ce que je l'aime ?"
Puis, tout à coup :
"Mais oui, je l'aime !... je l'aime !" » (p. 273).

Nous apprenons ainsi rétrospectivement que, lorsqu'elle respirait la fleur que Frédéric lui avait donnée, Mme Arnoux n'avait pas conscience de l'amour que son geste supposait. Il faut l'imminence du prétendu mariage pour qu'elle s'avoue clairement ses sentiments.

La jalousie comme mode de révélation des sentiments enfouis : on en trouve un exemple voisin dans *Le Rouge et le Noir*, de Stendhal, avec Mme de Rênal, d'abord aussi chaste et timorée que l'héroïne de Flaubert. La vérité se fait jour dans son cœur quand elle soupçonne Julien Sorel de courtiser la femme de chambre, Élisa : « Est-ce qu'il vous aime ? s'écria-t-elle dans sa folie » (I, XI). Mme de Rênal, elle, ne tardera pas à succomber. Est-ce parce qu'elle est moins vertueuse que Mme Arnoux ou parce que Julien est moins velléitaire que Frédéric ?

On devine la raison qui dicte à Flaubert ces deux effractions majeures à l'unité de perspective à laquelle il s'était, d'abord, à peu près tenu : le personnage de Mme Arnoux a acquis une telle importance que le lecteur supporterait mal d'ignorer plus longtemps ses véritables sentiments. Notre appréciation du caractère de Frédéric s'en trouve du même coup modifiée : complices de son ignorance, nous pouvions trouver justifiée sa réserve face à une femme en apparence inaccessible ; forts d'un aveu qu'elle ne lui a pas consenti, nous avons beau jeu de qualifier cette réserve de niaiserie.

3) Ces deux brèves incursions dans la conscience de Mme Arnoux vont autoriser une intrusion plus secrète encore dans un de ses rêves, récit suivi par la longue scène de la maladie de son enfant (p. 306-309). Exceptionnellement, ses pensées et sa conduite figurent ici dans le récit à égalité et en parallèle avec celles de Frédéric. À cet instant du roman, nous apprenons qu'elle serait, sans cet avertissement du ciel, allée au rendez-vous de la rue Tronchet, mais nous ignorons ce qu'elle y eût décidé. La maladie de son fils la remettant dans le droit chemin, elle redevient, pour l'essentiel, une énigme. Nous ne saurons jamais si, plus entreprenant, Frédéric l'eût amenée à céder. L'avant-dernière scène du roman elle-même est plus ambiguë qu'on ne l'a dit parfois. « Frédéric soupçonna Mme Ar-

noux d'être venue pour s'offrir » (p. 454), écrit Flaubert. Ce soupçon, peut-être profanateur, n'a pas lieu de se changer en certitude pour le lecteur.

L'éducation sentimentale de Frédéric n'aurait pas été enrichie, à l'inverse, s'il avait assisté à la scène où Louise Roque, accueillant son père dans leur domicile de la rue Saint-Martin, lui demande anxieusement des nouvelles de Frédéric. « C'était pour lui seul qu'elle avait fait le voyage » (p. 368). Le tremblement de la jeune fille, que le père Roque interprète comme une émotion due aux dangers qu'il a lui-même courus, n'apprendrait rien à Frédéric puisqu'il a décidé d'ignorer son amour. On notera que cette scène enchaîne sur un passage où Flaubert, assumant un rôle d'historien en l'absence de son héros, a décrit, avec une objectivité de point de vue qui n'excluait pas la passion, le cauchemar des émeutiers emprisonnés aux Tuileries (p. 366-367). Personnage fictif surgi au terme de cette page d'histoire, le père Roque fusille à bout portant un malheureux qui lui demandait du pain, avant de retrouver sa fille. Du meurtre des Tuileries au souper de la rue Saint-Martin, tout a échappé à Frédéric. Le roman n'offre pas d'autre séquence, sinon aussi longue, du moins aussi variée, qui soit à ce point étrangère au héros.

À se limiter presque toujours au champ de conscience de Frédéric, le romancier laisse subsister des zones d'ombre. À partir de quand Jacques Arnoux a-t-il deviné que le jeune homme était amoureux de son épouse ? Quand lui est venue l'idée d'en tirer profit en lui empruntant de l'argent ? Quelle était cette femme, couchée un après-midi avec lui, et dont Frédéric a brisé l'ombrelle (p. 82-83) ? Encore s'agit-il ici du champ offert à la conscience du héros, plutôt que de sa conscience proprement dite : Frédéric ignore (ou veut ignorer) qu'Arnoux lui fait payer sa complaisance, et comprend-il seulement, le jour de la fête de Mme Arnoux (voir p. 101), que l'ombrelle brisée appartenait en réalité à une autre ? Partageant son expérience, le lecteur corrige grâce à sa jugeote certaines de ses candeurs, mais avec une marge d'incertitude. Peu à peu, il pénètre aussi dans l'entrelacs des relations vénales et compliquées qui unissent Rosanette à Arnoux, à Delmar, au baron de Compain, à Oudry, la Vatnaz à Arnoux ou à d'autres encore ; est-il capable, à la fin, de faire l'inventaire des coucheries du roman ? Cette obscurité produit du sens : quand le monde atteint ce point de dépravation, on ne s'y retrouve plus. La complication des intrigues amoureuses trouve son répondant en politique. Les chassés-croisés des opinions au lendemain de la révolution de février 1848, où les retournements de veste furent quasiment la règle, donnent le vertige.

Les événements politiques de Février 1848 et des mois suivants seront présentés en raccourci, grâce au microcosme du village de Chavignolles, dans le chapitre VI de *Bouvard et Pécuchet*. Les retournements d'opinion, en particulier, y apparaissent encore plus caricaturaux. « Les puissants alors flagornaient la basse classe. Tout passait après les ouvriers », y lit-on à propos des lendemains de la révolution. L'adjoint au maire, Marescot, après s'être rallié à la République, emprunte le langage des conventionnels pour réclamer le retour à l'ordre : « Les conservateurs parlaient maintenant comme Robespierre. » Dégoûtés par de telles palinodies, Bouvard et Pécuchet finissent par refléter l'opinion de Flaubert : « La plèbe, en somme, valait l'aristocratie. »

Un historien de métier ferait le bilan et analyserait le phénomène ; historien à sa manière, Flaubert, dans *L'Éducation sentimentale,* reflète le désordre. Une énigm subsiste longtemps, comme une devinette : celle de la « tête de veau » (p. 334). À la différence de quelques autres, elle sera résolue *in extremis*, à la fin du roman (p. 457). Frédéric, vingt ans durant, a ignoré ce qu'elle signifiait. D'autres énigmes sont demeurées pour lui sans solution. Le lecteur a pu en éclairer certaines, mais pas toutes.

LE STYLE INDIRECT LIBRE

Au compte de la pensée et des sentiments de Frédéric ou des autres personnages, nous mettrons évidemment les paroles prononcées au style direct. Elles sont nombreuses : *L'Éducation sentimentale* est un roman riche en dialogues, et même en discussions, souvent oiseuses, traitant de politique, d'art ou des femmes. Parmi les représentants de sa génération, Frédéric, après Dussardier, est (portons-le à son crédit) le moins bavard. Aux dialogues, on adjoindra les discours reproduits au style indirect, ou résumés, et attribués à un personnage ; par exemple : « Il déclara le soir, à sa mère, qu'il y retournerait » (p. 112), ou « Arnoux parla d'une cuisson importante que l'on devait finir aujourd'hui, à sa fabrique » (p. 148), ou encore « Il se plaignit seulement d'avoir été refusé au Salon » (p. 239).

La nouveauté de *L'Éducation sentimentale* tient surtout à l'usage très étendu du style indirect libre. Celui-ci consiste en une prise en charge par le narrateur de pensées ou de paroles du personnage qui se lisent en transparence, de façon plus ou moins littérale. Un exemple ponctuel : quand Flaubert écrit à propos de Frédéric : « Il héritait ! » (p. 118), la formulation se situe à mi-distance du discours du narrateur, qui serait : « Il héritait », et de l'exclamation de Frédéric : « J'hérite ! » Le point d'exclamation permet d'entendre, derrière l'information donnée à la troisième personne, la joie de Frédéric.

Le procédé n'est pas appliqué au seul personnage principal. Il sert, par exemple, à narrativiser des paroles de Deslauriers. Comme celui-ci a suggéré à Mme Arnoux qu'elle devrait surveiller la fortune que dilapide son mari, son interlocutrice s'écrie :

« — Mais elle est à lui, monsieur ; moi, je n'ai rien !

N'importe ! On ne savait pas... Une personne d'expérience pouvait servir » (p. 272). En omettant le tiret devant la réplique de Deslauriers et en employant l'imparfait au lieu du présent, Flaubert s'approprie les paroles du clerc, mais nous les percevons aussi bien que si elles étaient données au style direct.

En une occurrence, le procédé donne existence à un personnage absent du texte. Quand Frédéric cherche éperdument Regimbart qui, seul, lui permettra de retrouver les Arnoux, nous lisons : « Le lendemain, dès sept heures, il arriva rue Notre-Dame-des-Victoires devant la boutique d'un rogomiste, où Regimbart avait coutume de prendre le vin blanc. Elle n'était pas encore ouverte ; il fit un tour de promenade aux environs, et, au bout d'une demi-heure, s'y présenta de nouveau. Regimbart en sortait. Frédéric s'élança [...] » (p. 124-125). Comment Frédéric aurait-il deviné que Regimbart sortait à l'instant même de la boutique ? Il faut reconstituer la scène : Frédéric ayant demandé des nouvelles de Regimbart au tenancier, celui-ci lui a répondu : « Regimbart ? Il vient juste de sortir. »

« Comment faire du dialogue trivial qui soit bien écrit ? » se demandait Flaubert dans une lettre à Louise Colet du 13 septembre 1852. Répugnant à coller à l'intérieur d'un texte travaillé des paroles prises sur le vif, il use du style indirect libre pour unifier la pâte de ses romans. À l'occasion, le procédé lui permet d'évoquer une scène sur le mode allusif et de sauver l'alacrité du rythme. Mais, appliqué pour l'essentiel à Frédéric, il entretient, dans *L'Éducation sentimentale*, une complicité parfois équivoque entre le romancier et son héros. Une grande partie du roman procure au lecteur un sentiment d'ambiguïté : faut-il attribuer au héros ou au romancier tel jugement porté sur la sottise d'une discussion entre amis qui veulent refaire le monde, telle description d'un paysage ou d'une scène révolutionnaire ? Dans la plupart des cas, il faudra répondre : à la fois à l'un et à l'autre. Comme Frédéric n'est ni un modèle de lucidité, ni le plus stupide d'entre les membres de sa génération, on peut dire que, tantôt Flaubert épouse avec une sorte de masochisme la candeur ou la veulerie de son héros, tantôt il se sert de son regard, plutôt mieux acéré que celui de ses compagnons, pour se moquer du monde et de ses passions. Encore ce « tantôt... tantôt » suppose-t-il un partage qui refléterait mal l'impression de lecture du roman : on oscille parfois indistinctement entre les deux parties, au point que devient indécidable le degré d'ironie du romancier.

IV. FRÉDÉRIC ET SON REGARD

FLAUBERT ET FRÉDÉRIC

Flaubert n'a pas « refait » *Volupté* ni *Le Lys dans la vallée*, romans écrits à la première personne, mais le « moi » de la première ébauche semble avoir laissé des traces dans le « il » de Frédéric. Entre les deux, le héros de *Novembre* offre des traits d'union : « Un jour, à Paris, je me suis arrêté longtemps sur le Pont-Neuf ; c'était l'hiver, la Seine charriait, de gros glaçons ronds descendaient lentement le courant et se fracassaient sous les arches, le fleuve était verdâtre, j'ai songé à tous ceux qui étaient venus là pour en finir[1]. » Mais quand Frédéric s'arrête au milieu du Pont-Neuf (p. 69), il ne songe pas au suicide. Cet artiste raté ne se prend jamais pour un artiste maudit. Il illustre seulement une virtualité : ce que serait devenu Flaubert s'il avait succombé à la paresse.

Comme Flaubert, quoique moins gravement, Frédéric a facilement les nerfs à vif (p. 89 et 165). « Trop de nerfs, trop artiste ! » dira un médecin à Pécuchet, dont la mine fait pitié[2]. Se moquer de la névropathie comme symptôme de l'artiste, c'est s'égratigner soi-même. Il en va ici comme de la bêtise : on ne comprend celle des autres qu'en assumant la sienne.

1. *Œuvres de jeunesse*, p. 778.

2. *Bouvard et Pécuchet*, fin du chapitre V.

1. George Sand et Flaubert s'appellent réciproquement « vieux troubadours » dans leurs lettres. Voir leur *Correspondance*, édition établie par Alphonse Jacobs, Flammarion, 1981 ; en particulier, sur les origines possibles de cette expression, la note 101, p. 99.
2. Voir notamment la fin de l'épisode au chapitre XV des *Mémoires d'un fou* : « Elle se jeta dans mes bras et m'embrassa avec effusion », et les adieux de Louise à Frédéric : « Et elle le serra dans ses bras avec emportement » (p. 120).

À l'exemple de George Sand s'adressant à Flaubert, Deslauriers donne à Frédéric du « vieux troubadour[1] » (p. 89). Les sentiments de Frédéric pour Louise Roque, plutôt tièdes au regard de la passion qu'elle nourrit pour lui, sont un souvenir de l'affection juvénile de Flaubert pour Gertrude Collier, adolescente d'une quinzaine d'années qu'il avait connue à Trouville en 1835, un an avant sa rencontre avec Élisa Schlésinger, et qu'il avait baptisée Caroline dans ses *Mémoires d'un fou*[2]. La description, dans le roman, du cabinet de travail de Frédéric avec cette « cuvette de bronze qui contenait les plumes » (p. 210) s'inspire du cabinet où Flaubert rangeait lui aussi, dans une sorte de coupe, ses plumes en or. En compagnie de Louise encore, Frédéric évoque le *Don Quichotte* qu'ils coloriaient ensemble (p. 274) ; à neuf ans et demi, Flaubert écrivait à Ernest Chevalier (14 mai 1831) qu'il prenait « des notes sur *Don Quichotte* », ce livre dont il dira plus tard à Louise Colet (20 juin 1852) qu'il le savait par cœur avant de savoir lire.

Ces souvenirs sont indissociables des références littéraires dont est nourri le personnage, tant Flaubert s'est lui-même, dans sa jeunesse, construit une identité au moyen des écrivains qu'il admirait. « Rappelle-toi Rastignac dans *la Comédie humaine* ! » dit Deslauriers à son ami, à l'orée de leur vie parisienne (p. 35). Ce personnage d'ambitieux ne figure pas dans le Panthéon de Frédéric, qui « estimait par-dessus tout la passion : Werther, René, Lara, Lélia[1] » (p. 33). Au premier rang des grandes figures littéraires qui impressionnent Flaubert lui-même : Chateaubriand. « Si *René* n'existait pas, je ne l'écrirais plus », avouait celui-ci dans les *Mémoires d'outre-tombe,* songeant à tous ces imitateurs qui prirent la pose à la suite de son héros. Le jeune Flaubert, auteur de *Novembre* (1842), n'était sans doute pas le pire d'entre eux[2]. En 1847, sa fascination pour Chateaubriand est intacte. Il visite à Saint-Malo, en compagnie de Maxime Du Camp, le tombeau que celui-ci s'est fait édifier avant de mourir. « Et les jours ainsi s'écoulant, pendant que les flots de la grève natale iront se balancer toujours entre son berceau et son tombeau, le cœur de René devenu froid, lentement, s'éparpillera dans le néant, au rythme sans fin de cette musique éternelle », écrit-il, méditatif, dans *Par les champs et par les grèves*[3]. À l'époque de *L'Éducation sentimentale,* s'il admire toujours l'écrivain, il a pris, à l'exemple de Chateaubriand lui-même, ses distances avec le vague à l'âme de « René », mais il en fait hériter Frédéric. « Un jour je m'étais amusé à effeuiller une branche de saule sur un ruisseau, et à attacher une idée à chaque feuille que le courant entraînait. Un roi qui craint de perdre sa couronne par une révolution subite, ne ressent pas des angoisses plus vives que les miennes, à chaque accident qui menaçait les débris de mon rameau »,

---

1. Lara est une héroïne de Byron ; Lélia, une héroïne de George Sand.

2. « J'ai même été indigné que tu aies comparé [*Novembre*] à *René* », écrit-il toutefois à Louise Colet le 11 décembre 1846.

3. Pocket, 2002, p. 222.

confessait René[1]. Frédéric joue, de même, à se perdre tel un fétu de paille dans l'univers : « Du nombre des pièces de monnaie prises au hasard dans sa main, de la physionomie des passants, de la couleur des chevaux, il tirait des présages ; et, quand l'augure était contraire, il s'efforçait de ne pas y croire », écrit Flaubert (p. 306). La filiation, on l'aura noté, admet une nuance : l'incertitude de René sur sa destinée le menait au bord du suicide ; les angoisses de Frédéric, peu métaphysiques au demeurant, se tempèrent toujours d'une naïve confiance en sa bonne étoile.

Autre personnage phare de la jeunesse de Flaubert : le héros d'*Antony* (1831), drame d'Alexandre Dumas. « Il s'était pris de passion pour *Antony*, qui est une des œuvres les plus puissantes de l'école romantique et qui eut une importance que les générations actuelles ne peuvent se figurer. Gustave l'admirait sans réserve et ne se tenait pas d'aise en écoutant Marie Dorval, dont il avait fini par attraper l'accent traînard et les intonations grasseyantes », se rappellera Maxime Du Camp en 1882[2]. « On portait un poignard dans sa poche comme Antony », écrit Flaubert dans une préface aux *Dernières chansons* de son ami Louis Bouilhet pour évoquer leurs rêves communs d'adolescence[3], ce poignard que le héros de Dumas tournait finalement contre sa maîtresse afin que, mourant assassinée, elle préservât du moins son honneur. Il

1. Chateaubriand, *René*, dans *Atala, René*, Gallimard, « Folio classique », p. 159.

2. M. Du Camp, *Souvenirs littéraires*, Aubier, 1994, p. 188. Marie Dorval interprétait le rôle d'Adèle, la maîtresse d'Antony.
3. Flaubert, *Œuvres complètes*, Seuil, « L'Intégrale », t. II, 1964, p. 760.

« faisait un peu l'Antony, le maudit », écrit Flaubert de Frédéric (p. 193). « Un peu » caractérise bien ce héros en demi-teinte, imprégné de lectures romantiques, mais empêché d'en prendre seulement les postures. Rendons-lui tout de même justice : Flaubert ne dégaina jamais, que l'on sache, le poignard qu'il portait dans sa poche ; Frédéric, en une occasion, tire l'épée pour se battre en duel.

Observant, à partir d'une étude des brouillons du roman, que les noms qui servaient de référence à Frédéric (Oberman, René, Childe Harold...) ont souvent été effacés au fil de la rédaction, Peter Michael Wetherill suppose que Flaubert a voulu, par ce moyen, différencier la psychologie de son héros de celle d'Emma Bovary, dont les modèles étaient explicitement cités (« C'est là ce que nous avons eu de meilleur », dans *Flaubert à l'œuvre*, p. 64). Ces références n'en demeurent pas moins souvent transparentes.

Il n'est pas nécessaire d'être cultivé pour éprouver les états d'âme du romantisme : « On peut être las de tout sans rien connaître, fatigué de traîner sa casaque sans avoir lu *Werther* ni *René*, et il n'y a pas besoin d'être reçu bachelier pour se brûler la cervelle [1] », songeait Flaubert dès 1847. Jamais Frédéric n'aura envie de se brûler la cervelle, ce qui ne l'empêche pas de se reconnaître, pour faire chic, dans ce héros de Goethe [2] qui déclencha une vague de suicides. « Je comprends les Werther que ne dégoûtent pas les tartines de Charlotte », dit-il en guise de décla-

1. *Par les champs et par les grèves*, édition citée, p. 109-110.

2. *Les Souffrances du jeune Werther* (1774 ; nouvelle édition : 1782).

ration à l'objet de sa grande passion (p. 453). « Pauvre cher ami ! » lui répond Mme Arnoux, qui n'a peut-être jamais lu Goethe.

Il faut croire que, près d'un siècle après la publication du roman de Goethe, la référence fait encore de l'effet : « Je l'appelle quelquefois Lolotte, et elle me trouve un peu de ressemblance avec Werther, moins les pistolets, qui ne sont plus de mode », écrit Gérard de Nerval dans *Sylvie*, chapitre XIV (1853). Au moins trouve-t-on une pointe d'humour chez le héros-narrateur de Nerval. Incapable d'envisager tragiquement sa destinée, Frédéric est tout aussi inapte à l'humour.

Quoique, par les dates, l'arrivée de Frédéric à Paris coïncide à peu près avec celle de Flaubert, que tous deux viennent y faire *leur droit* et que leurs études leur procurent un égal ennui, les événements de l'existence du romancier et de son héros offrent peu de ressemblances, sauf en une circonstance. Indifférent, à Fontainebleau, aux émeutes qui soulèvent Paris en juin 1848, Frédéric décide *illico* de rentrer à Paris quand il apprend que Dussardier a été blessé (p. 362 et suiv.). De sa retraite de Croisset, Flaubert, à la même époque, observe les événements avec détachement, seulement inquiet des risques que courent ses amis parisiens. « Tâche à tout prix de foutre le camp de Paris, mon pauvre bonhomme », conseille-t-il à Maxime Du Camp. « Il le faut pour ta malheureuse peau. Au pis-aller, passe-toi de cheval et va-t'en tout de même » (fin mai 1848[1]). Faute d'avoir suivi ce conseil, Du Camp sera blessé au mollet (Dussardier l'est à la cuisse). « Quoique l'on affirme que sa blessure est légère, je ne suis pas sans inquiétude », écrit Flaubert à Ernest Chevalier, 4 juillet 1848. Aucun autre commentaire, dans sa correspondance, sur ce qu'il appelle évasivement les « événements politiques » (à son cousin Bonenfant, 25 juin 1848) ; le sort de son ami a, dirait-on, monopolisé son intérêt.

Par-delà toutes les déceptions amoureuses, mondaines, artistiques, survivent dans *L'Éducation sentimentale* les valeurs de l'amitié. Ami exigeant, encombrant, envieux, Deslauriers souffre parfois des infidélités de Frédéric ; toujours, celui-ci reviendra vers lui. Le couple du roman transpose-t-il l'« agglomération » des « deux monades » évoquée par Flaubert au début de *Par les champs et par les grèves* pour moquer son association avec Maxime Du Camp ? En ce cas, qui serait l'un, qui serait l'autre ? À Frédéric, Du Camp a peut-être légué son aisance de dandy ; à Deslauriers, ses aigreurs jalouses. Mais même quand il s'inspire de sa vie, un écrivain est libre de ses choix. Du Camp a certainement relevé que Frédéric ne volait pas au secours de Deslauriers, mais de Dussardier, seul cœur pur de tout le roman. Et on ne voit pas que le personnage de Dussardier ait eu un modèle.

---

[1]. C'est la date donnée dans l'édition Pléiade de la *Correspondance* de Flaubert due à Jean Bruneau. Giovanni Bonaccorso a sans doute raison de la dater plutôt de juin (Flaubert, *Correspondance*, Nizet, 2 vol. parus, 2001).

PORTRAIT D'UN « HÉROS »

1. « Silences de Flaubert », dans *Figures I*, p. 226.

« Frédéric n'est pas bovaryste, c'est un rêvasseur velléitaire mais, au fond, lucide », écrit Gérard Genette[1]. Il est réconfortant de voir un critique réputé pour son formalisme accepter le jeu de l'illusion romanesque. C'est en effet à son pouvoir d'illusion que Flaubert lui-même a mesuré le génie de Cervantès : si l'auteur de *Don Quichotte* est, à ses yeux, le plus grand romancier qui ait jamais existé, c'est parce qu'il a réussi à nous faire *croire* à ses créatures. Ainsi Frédéric se prête-t-il à l'analyse psychologique et au jugement moral des lecteurs. Il s'y prête même mieux, en un sens, que madame Bovary.

2. Alain de Lattre, *La Bêtise d'Emma Bovary*, José Corti, 1980.

Si un critique a pu écrire une étude intitulée *La Bêtise d'Emma Bovary*[2], c'est en dégageant, à partir des signes du comportement d'Emma, ce que le lecteur *interprétera*, le cas échéant, comme une des formes de la bêtise humaine. Rien n'empêche de voir plutôt en elle une victime héroïque des contraintes de la société : nulle part, dans le roman, Flaubert ne *dit* qu'elle est bête. Alors que *L'Éducation sentimentale* progresse, par rapport à *Madame Bovary*, vers une modernité que nourrit l'ambiguïté du sens, Flaubert caractérise plus franchement son héros qu'il ne le faisait pour Emma. On dissertera de façon moins problématique sur « la *lâcheté* de Frédéric » que sur « la bêtise d'Emma » : « — Je l'enverrai peut-être, dit lâchement Frédéric » (p. 99) ; « Une lâcheté immense envahit l'amoureux de Mme Arnoux » (p. 287). Accès passagers de faiblesse ? Mais Flaubert dit plus loin : « Le lendemain, par une dernière lâcheté, il envoya encore un commissionnaire chez Mme Arnoux » (p. 309). L'épithète « dernière » est contraignante : tout aussi lâche a été, suggère le romancier, son comportement dans l'intervalle. On a le droit de saluer en Emma Bovary une « prosélyte encore à l'état sauvage » du MLF[1] ; croire au courage de Frédéric serait une erreur de lecture.

Quoiqu'il l'exempte du péché de « bovarysme », G. Genette reconnaît chez Frédéric une propension marquée à la rêverie : ainsi le jeune homme se représente-t-il des pays lointains s'il va au Jardin des Plantes, ou Mme Arnoux sur les coussins d'un harem quand elle le reçoit dans son salon. On l'a vu aussi rêver de « se faire trappeur en Amérique » ou « servir un pacha en Orient[2] » : pensées fugitives, moins prêtes à la réalisation que celles d'Emma Bovary, qui s'était procuré une malle auprès de Lheureux pour partir en compagnie de Rodolphe. Les mots, chez Frédéric, suscitent immédiatement des images. Il suffit qu'on parle du mécontentement du peuple, qui pourrait un jour piller les hôtels des riches, pour qu'il entrevoie « dans un éclair » (dans un *flash*, dirait-on aujourd'hui) « un flot d'hommes aux bras nus envahissant le grand salon de Mme Dambreuse, cassant les glaces à

[1]. Julien Gracq, *En lisant en écrivant*, dans *Œuvres complètes*, Gallimard, « Bibliothèque de la Pléiade », t. II, 1995, p. 213.

[2]. Voir *supra*, p. 49.

coups de pique » (p. 158). Ces tableaux constituent des fantasmes, non des projets. Ses vrais rêves d'avenir, eux, pourraient s'inscrire raisonnablement dans la réalité. *La Ville-de-Montereau* longe-t-elle une prairie ? « Quel bonheur de monter côte à côte, le bras autour de sa taille, pendant que sa robe balayerait les feuilles jaunies, en écoutant sa voix, sous le rayonnement de ses yeux ! » (p. 25). Travaille-t-il à ses examens de droit ? « Il se voyait dans une cour d'assises, par un soir d'hiver, à la fin des plaidoiries, quand les jurés sont pâles et que la foule haletante fait craquer les cloisons du prétoire [...] » (p. 106). Emma Bovary se voyait en héroïne de romans exotiques, illusion d'autant plus folle qu'y faisait obstacle sa condition de provinciale, d'épouse et de mère. Se promener en compagnie de sa maîtresse dans une prairie de l'Île-de-France ou plaider dans une cour d'assises quand on a fait des études de droit ne constituent pas, à l'inverse, des rêves insensés, surtout quand on a la chance d'être parisien et pourvu d'une honnête fortune. Le bovarysme, en somme, aurait plutôt servi d'excuse à l'inaction de Frédéric. Du moment qu'il n'aspire pas à l'impossible, on juge anormal qu'il n'atteigne pas les buts qu'il s'est fixés.

« Le verbiage politique et la bonne chère engourdissaient sa moralité » (p. 394), « [...] la monotonie des mêmes voix, des mêmes gestes, l'engourdissait de fatigue, lui causait une torpeur funèbre, une dissolution » (p. 445-446) : ces notations composent un « portrait » moral du personnage. L'engourdissement[1], physique aussi bien que moral, limite souvent son pouvoir d'action. De même, étonné de s'être, pour une fois, conduit courageusement en vengeant Mme Arnoux, se sent-il aussitôt accablé par « une courbature infinie » (p. 448). En deux circonstances certes différentes mais, à onze ans de distance, l'une et l'autre décisives, Frédéric se conduit pareillement : il contemple « avec ébahissement » le panier à ouvrage de Mme Arnoux la première fois qu'il la voit (p. 23), et reste « béant » devant le meurtre de Dussardier par Sénécal (p. 450). Sans doute ne pouvait-il guère faire autrement ; mais il est dans sa nature, dirait-on, d'assister en spectateur hébété aux grands moments de son existence. D'une activité débordante, Emma Bovary payait son énergie par de terribles crises dépressives. Frédéric, qui se fait parfois lâchement porter malade (« J'ai été malade, répondit-il », p. 418), ne l'est jamais vraiment ; sa résistance physique est seulement à la mesure de sa volonté, toujours entre deux eaux. Flaubert était, sur ce point, plus proche de sa Bovary : ses nerfs fragiles lui dictaient une activité cyclique. Tantôt il se surmenait, tantôt il s'effondrait.

Sans beaucoup de peine il est vrai, Frédéric est moins sot ou vulgaire que la plupart des jeunes gens de sa génération. Son goût s'améliore-t-il au fil du temps ou

---

[1] Le terme est familier à Flaubert. Voir par exemple à la première page de *Bouvard et Pécuchet* : « tout semblait engourdi par le désœuvrement du dimanche et la tristesse des jours d'été ».

est-ce celui de Pellerin qui se dégrade ? Après avoir « admiré », en néophyte, les premières toiles que lui montre le peintre (p. 56), il sera capable de s'exclamer « Quelle turpitude ! » (p. 328) devant une de ses hideuses allégories ; et il a assez de bon sens, quand des révolutionnaires subjugués écoutent religieusement un discours en espagnol, pour protester : « C'est absurde à la fin ! personne ne comprend ! » (p. 337). Prétendant lui-même à la distinction, il juge que celle de Cisy est celle d'un « nigaud » du moment qu'elle s'accompagne d'une pauvre intelligence (p. 40), il trouve à bon droit Regimbart « stupide » (p. 58), s'aperçoit assez vite que Jacques Arnoux n'est « pas fort spirituel » (p. 85), juge « stupide » encore la manière de causer des invités de Mme Dambreuse (p. 150), considère avec esprit le lourd profil de Martinon (p. 185), est assommé par les « calembredaines » pseudo-philosophiques de Hussonnet (p. 235), irrité par l'inconséquence de ceux qui s'ingénient à démolir la Constitution après l'avoir votée (p. 394). A-t-il raison de trouver les gardes nationaux « plus bêtes que leur giberne » (p. 343) ? Le lecteur n'a pas les moyens de l'apprécier, mais Flaubert avait assez peu d'indulgence envers la moyenne de ses contemporains pour qu'on le suppose complice. En somme, Frédéric ne manque pas d'esprit critique. Quant à sa distinction, peut-être son principal tort est-il de la revendiquer.

Cette prétention suscite l'ironie du romancier dès la deuxième page du roman : « Il trouvait que le bonheur mérité par l'excellence de son âme tardait à venir » (p. 20), formule emphatique, donc ravageuse, qui pèse d'emblée sur l'opinion que le lecteur conçoit de lui. L'ironie de Flaubert nous prend parfois par surprise : le romancier semble épouser le point de vue de son héros quand celui-ci contemple l'album de Mme Arnoux sur lequel « les pensées curieuses n'apparaissaient que sous un débordement de sottises » ; mais puisqu'il « aurait eu peur d'écrire une ligne à côté » (p. 67), c'est que lui-même est dupe de ces sottises. Elle est plus manifeste dans la phrase : « Il se demanda, sérieusement, s'il serait un grand peintre ou un grand poète » (p. 69) ; d'une page où coïncidaient les cours de pensée du romancier et du personnage, fait saillie ce « sérieusement » qui démystifie comme une plaisanterie la grandiloquence du dilemme. L'ironie ressort aussi, sans commentaire, de la mise en scène de certaines situations : à Rosanette qui essaie de le retenir au bord de la rupture, Frédéric déclare : « Si tu me connaissais mieux, tu saurais que ma décision est irrévocable ! » (p. 443). Informé des revirements du jeune homme, le lecteur goûte comme un trait comique involontaire cette réplique mélodramatique.

Quinze années de mélancolie vont pourtant améliorer la grâce d'expression de Frédéric. La critique a été peu attentive aux accents par lesquels il célèbre, lorsqu'il la voit pour la dernière fois, ses sentiments anciens pour Mme Arnoux : « Mon cœur, comme de la poussière, se soulevait derrière vos pas. Vous me faisiez l'effet d'un clair de lune par une nuit d'été, quand tout est parfums, ombres douces, blancheurs, infini », etc. (p. 453). Rien là qui s'élève au-dessus d'une médiocre production romantique, mais enfin, que ne lui a-t-il ainsi parlé plus tôt ? À l'unisson des aspirations de la jeune femme, cette poésie l'aurait peut-être précipitée dans ses bras. Edmond de Goncourt a rêvé de réécrire cette tirade en changeant ces « phrases de livre » pour « de la langue parlée, de la véritable langue d'amour ayant cours dans la vie [1] ». Le malentendu est total. « Goncourt [...] est très heureux quand il a saisi dans la rue un mot qu'il peut coller dans un livre », écrit Flaubert à George Sand, vers le 31 décembre 1875, tandis que, environ un an plus tard, Edmond de Goncourt persifle : « Flaubert prend maintenant l'habitude de faire ses romans avec des livres [2]. » C'est la composition de *Bouvard et Pécuchet* qui dicte sa remarque à Edmond de Goncourt ; mais, avant de pousser l'exercice à cette extrême limite, Flaubert n'a-t-il pas *toujours* écrit ses romans avec des livres ? Cette continuité d'inspiration accuse toutefois entre Mme Bovary et Frédéric une différence qui tient tout entière à leur sexe. La première avait vocation à écouter des décla-

1. Ed. et J. de Goncourt, *Journal*, à la date du 12 septembre 1886.

2. *Ibid.*, à la date du 4 février 1877.

rations d'amour comme elle en lisait dans les livres ; le second a pour devoir de les prononcer. Ses tempes grisonnent quand il se décide enfin à tenir son rôle. Mais ses beaux discours souffrent, par rapport à ceux de Rodolphe, d'une infériorité rédhibitoire : ils ne parlent que du passé.

L'« APPARITION »

La description initiale de Frédéric, sur *La Ville-de-Montereau*, campe le personnage en deux lignes. On ignore si, en lui donnant « dix-huit ans », le romancier adopte une perspective omnisciente ou s'il signifie que son héros paraît *environ* dix-huit ans. Frédéric est typé par son allure d'artiste ; son album (carton à dessins) offre de sa vocation un indice *a priori* plus probant que ses cheveux longs, mais la suite du roman frappera d'une égale vanité les attributs et les poses du jeune homme. En se postant à l'arrière du bateau, il retarde la disparition de Paris, qu'il quitte à contrecœur ; surtout, il se fige d'emblée, à l'écart de la foule, dans cette distinction qui fera son destin. À supposer que l'indication précise de son âge soit due à l'arbitraire du romancier, elle n'a fait qu'anticiper les informations du paragraphe suivant : « M. Frédéric Moreau, nouvellement reçu bachelier, s'en retournait à Nogent-sur-Seine [...] », où Flaubert adopte le mode conventionnel du récit : du moment où la personnalité du jeune homme a attiré l'attention, le romancier est investi du pouvoir de raconter son histoire, de dévoiler ses pensées, etc.

Le début de *L'Éducation sentimentale* s'apparente à celui de nombreux romans de Balzac, *Le Médecin de campagne* par exemple, où le romancier s'intéresse, aux premières lignes, à « un homme âgé d'environ cinquante ans », le décrit physiquement, le nomme trois pages plus loin (« monsieur Genestas »), devine ses pensées d'après sa physionomie, et finit par raconter toute son histoire. Aux huit pages de présentation du roman de Balzac correspondent deux courts paragraphes dans le roman de Flaubert ; mais la pénétration progressive de l'intériorité du héros obéit, dans les deux cas, à un même principe.

Le début de *Madame Bovary* recourait moins à l'arbitraire du récit, puisque nous étions censés lire les mémoires d'un condisciple de Charles Bovary (« Nous étions à l'Étude, quand le Proviseur entra [...] »), mais ce souci de vraisemblance ressortait comme un artifice du moment que le condisciple disparaissait presque aussitôt de l'intrigue.

L'entrée de Jacques Arnoux dans le champ du récit est explicitement due au regard de Frédéric : « [...] il vit un monsieur qui contait des galanteries à une paysanne [...] » (p. 20). Aussi le portrait de ce quadragénaire avantageux, un peu excentrique et sachant parler aux femmes, s'oppose-t-il à celui du jeune homme qui cherche peut-être dans la distinction un alibi à sa timidité. Dis-moi ce que tu vois, je te dirai qui tu es : les figures entrant successivement dans la vie de Frédéric étofferont la galerie des personnages du roman (c'est l'aspect « balzacien » de *L'Éducation sentimentale*), mais elles serviront, plus encore, à modeler l'expérience, la conscience et les rêves du héros.

C'est principalement vrai de la figure de Mme Arnoux. Le terme d'« apparition » (« Ce fut comme une apparition », p. 22) ménage-t-il une équivoque ? Les apparitions de la Vierge Marie (tel est justement le prénom de l'héroïne) sont, soit la manifestation d'une réalité surnaturelle, soit le fruit d'une hallucination. D'emblée, le phénomène est, ici, démystifié. D'abord, en écrivant « *comme* une apparition », Flaubert ravale la scène à un succédané d'illumination religieuse ; puis, amendant le « toute seule » par « *du moins* il ne distingua personne », il suggère que, dans sa fascination, Frédéric a été victime d'une illusion d'optique. Ainsi le lumineux portrait de Marie Arnoux s'impose-t-il au lecteur comme la réunion de traits féminins correspondant moins à une figure réelle qu'à l'idéal de Frédéric. Celui-ci le confiera un jour à la jeune femme : « Il lui conta ses mélancolies au collège, et comment dans son ciel poétique resplendissait un visage de femme, si bien qu'en la voyant pour la première fois, il l'avait reconnue » (p. 297). Cette déclaration, moins « travaillée » que celle à laquelle Frédéric se haussera quinze ans plus tard, résume en toute niaiserie l'ambiguïté de l'amour romantique : dire à la femme aimée qu'elle correspond trait pour trait à celle qu'on attendait, c'est la désigner comme unique et irremplaçable ; mais c'est, du même coup, faire d'elle un stéréotype conforme à une image préconçue et la priver, si elle veut continuer d'être aimée, d'exister pour elle-même. Bref, il y a une sorte de narcissisme à dire à une femme : « Vous ressemblez à mes rêves. »

À la scène initiale de *L'Éducation sentimentale* s'oppose le début d'*Aurélien* (1944), de Louis Aragon, qu'on présente parfois comme une sorte d'« éducation sentimentale » du XXe siècle : « La première fois qu'Aurélien vit Bérénice, il la trouva franchement laide. » Au moins Bérénice pourra-t-elle être sûre qu'elle est aimée d'Aurélien non parce qu'elle répond à ses chimères, mais pour ce qu'elle lui révélera d'elle-même.

Si la rêverie exotique à laquelle invitent la peau brune et la « négresse » de Mme Arnoux dessine une possible promesse de bonheur (l'épisode de la « Turque », aux dernières lignes du roman, révélera quels fantasmes elle éveille ainsi chez Frédéric), l'attention portée à ses vêtements et à l'enfant dont elle prend soin, c'est-à-dire aux obstacles qui se présentent à la conquête, est porteuse de l'échec amoureux du héros. Car, s'il est vrai que les obstacles décuplent l'appétit des Don Juans ordinaires, c'est avec « ébahissement » que Frédéric considère ce tableau achevé qui suscite moins chez lui la convoitise qu'une infinie curiosité. Les toilettes, au demeurant fort bourgeoises, de Marie Arnoux occuperont une large place dans l'ensemble du roman parce qu'elles sont la barrière que Frédéric, par respect ou couardise, s'interdira toujours de franchir, au même titre que les objets dont la jeune femme s'entoure et dont la dispersion, lors de la vente aux enchères (p. 446-448), signifiera la fin d'un rêve. Cet amour fétichiste, à savoir la déviation du sentiment de la personne aimée vers des attributs extérieurs, oriente l'écriture du roman en le chargeant de détails qui estompent la figure de l'héroïne derrière ce qu'elle représente pour le héros. Au reste, nous avons pris quelque liberté en l'appelant Marie. Au contraire de Rodolphe, qui cherchait à séduire Emma en l'affranchissant du nom de son mari (« Eh ! tout le monde vous appelle comme cela !... Ce n'est pas votre nom d'ailleurs : c'est le nom d'un autre [1] »), Frédéric, émerveillé devant la faconde de Jacques Arnoux avant même d'être ébloui par sa femme, acceptera jusqu'au bout d'être amoureux de « madame Arnoux ». Les scènes d'intimité où ils s'appellent par leurs prénoms (« Elle l'appelait "Frédéric", il l'appelait "Marie" », p. 298) font l'effet d'un simple intermède puisque, quand il la reverra des années plus tard, le cri du cœur sera : « Madame Arnoux ! » (p. 451). Un destin s'est en tout cas noué grâce à la scène du bateau, scellé par la formule obligée des romans : « Leurs yeux se rencontrèrent [2] ».

1. *Madame Bovary*, IIe partie, chap. IX.

2. Voir l'ouvrage de Jean Rousset, *Leurs yeux se rencontrèrent. La scène de première vue dans le roman*, Corti, 1981.

99

Cette formule, signifiant selon la tradition romanesque le début d'une aventure amoureuse, sonne ici de façon parodique : pour avoir lu trop de romans, Frédéric accorde un sens prémonitoire à un croisement de regards dû au simple hasard (comment imaginer qu'il ait inspiré à Mme Arnoux un émerveillement soudain et réciproque ?). L'avenir, pourtant, donnera raison à son illusion. À force d'assiduité, il changera en roman ce qui aurait pu être une rencontre sans lendemain ; mais, à force de timidité, il sera le héros de la plus chaste des aventures.

Il faut le mauvais esprit de Michelet pour relever en priorité, dans *L'Éducation sentimentale*, cette visite de Frédéric à la maison de campagne des Arnoux, à Auteuil : « Il arriva, un jour, derrière son dos, comme elle était accroupie, devant le gazon, à chercher de la violette » (p. 297). Michelet note dans son *Journal*, au 20 novembre 1869 : « Je parcourus Flaubert, *Éducation sentimentale* ou histoire d'un jeune homme. Froid et indécis. L'Idéal, Madame Arnoux, a quarante-cinq ans (?) en 1867, s'offre, mais cheveux blancs. Vingt ans plus tôt, il la surprend accroupie, cherchant la violette... ("Tu lui aurais au moins b. le c. ?"). » Au demeurant, Michelet a certainement raison : Flaubert a dû mettre malice à imaginer l'« apparition » s'offrant dans cette pose incongrue à son adorateur. Mais l'important est qu'aucune pensée grivoise n'effleure, à cet instant, l'esprit de Frédéric.

Frédéric est si bien habité par sa grande passion que, du moment où le romancier écrit « elle », le lecteur doit comprendre qu'il s'agit de Mme Arnoux. Nous en prendrons trois exemples :

1) Revenu pour la première fois de Nogent à Paris et misant sur les succès que lui promet sa fréquentation des Dambreuse, Frédéric, au hasard d'une promenade sur le boulevard Montmartre, lit sur une plaque de marbre : JACQUES ARNOUX. « Comment n'avait-il pas songé à elle, plus tôt », enchaîne Flaubert (p. 38). Grammaticalement, « elle » ne peut renvoyer qu'à Mme Dambreuse, citée trois lignes plus haut. La figure de Mme Arnoux se déduit pourtant sans ambiguïté du nom de son époux.

2) Les semaines passent et l'espoir de la revoir un jour s'amenuise. Il songe désespérément à elle un jour où il arpente à nouveau le boulevard Montmartre, en compagnie de Regimbart.

« La solitude se rouvrait surtout de son désir plus immense que jamais !

— Venez-vous la prendre ? dit Regimbart.

— Prendre qui ?

— L'absinthe ! » (p. 59-60).

À chacun son obsession : « la », pour Regimbart, ne peut désigner que son absinthe ; pour Frédéric, si l'on ose ce jeu de mots, l'absente. Le « qui » mis au lieu du « quoi » qu'attendrait normalement Regimbart signifie le quiproquo.

3) Jacques Arnoux lui ayant fait remarquer qu'on ne lui connaissait pas de maîtresse, « Frédéric eut envie de citer un nom, au hasard. Mais l'histoire pouvait

lui être racontée » (p. 94). L'italique permet d'éclairer à qui renvoie ce « *lui* ».

On trouverait dans le roman d'autres exemples de « elle », parfois pourvus d'une majuscule ou soulignés. Ainsi : « Il n'en chercha pas moins comment parvenir jusqu'à Elle » (p. 40), « Elle serait là, quelque part, au milieu des autres » (p. 106), ou : « Mais, comment la recevrait-il, *elle*, sa maîtresse future ? » (p. 149), « Il s'aperçut avec Elle, la nuit, dans une chaise de poste » (p. 345). Une pudeur retient aussi bien Mme Arnoux de nommer son mari quand elle l'a découvert en faute : « — *Il* vous a mené au bal, l'autre jour, n'est-ce pas ? » (p. 156).

En ménageant une ambiguïté grammaticale dans l'emploi des pronoms, Flaubert change en effet savant ce qui est une pente et même un défaut courant de son écriture. Voir par exemple le début d'« Un cœur simple » (*Trois contes*) :

« Pour cent francs, elle [Félicité] faisait la cuisine et le ménage, cousait, lavait, repassait, savait brider un cheval, engraisser les volailles, battre le beurre, et resta fidèle à sa maîtresse, — qui cependant n'était pas une personne agréable.

Elle avait épousé un beau garçon sans fortune [...]. »

Le deuxième « elle » désigne Mme Aubain ; en bonne grammaire, Flaubert aurait dû écrire « celle-ci ».

Dans le premier de nos trois exemples au moins, Mme Arnoux est absente de la pensée de Frédéric, au point d'avoir été, dirait-on, supplantée par une rivale. Que sa figure affleure au premier prétexte témoigne qu'elle n'avait pas été réellement oubliée. Instruit par cette expérience, le lecteur supposera que, durant les longues plages de l'intrigue où son nom n'est pas cité, en particulier au cours des épisodes où Frédéric s'étourdit avec Rosanette, elle occupe le jeune homme plus qu'il ne l'imagine lui-même. *L'Éducation sentimentale* donne, en somme, à méditer sur la question : qu'est-ce qu'oublier une femme aimée ? Selon une conception bergsonienne de la mémoire, on formulera l'hypothèse que les souvenirs qu'on croit effacés dorment seulement dans des couches ignorées de la conscience, continuellement prêts à resurgir si l'occasion leur en est donnée. Libre aux biographes de Flaubert de supposer que les « fantômes » de Trouville, estompés à la longue par des liaisons plus charnelles, ne demandaient qu'à ressortir de l'ombre où ils étaient tapis et que, comme le croient les moralistes attachés aux vertus romantiques, le premier amour demeure toujours le plus fort. Les lecteurs de *L'Éducation sentimentale* aiment en tout cas que, loin de toute analyse qui dessécherait les réalités de l'amour, le texte du roman épouse les zones d'ombre de la conscience de Frédéric, c'est-à-dire qu'on ne sache pas — parce qu'il ne le sait pas exactement lui-même — à quel moment il aime vraiment, ou croit aimer, ou se figure qu'il a oublié celle qui demeure, à l'heure du bilan, la grande passion de sa vie.

Du passé de Mme Arnoux, nous ne saurons que ce qu'elle en révèle à Frédéric. Ces révélations se font en deux temps. D'abord, au début du chapitre III de la deuxième partie, est confirmée l'origine bourgeoise de l'héroïne et sont évoquées, en quelques lignes, les désillusions de sa lune de miel avec Jacques Arnoux. « Frédéric sollicitait adroitement ses confidences. Bientôt, il connut toute sa vie » (p. 192). Une vie se résumerait-elle en si peu de mots ? On se rappelle que Frédéric, quand il l'a vue sur le bateau, a été saisi d'« une curiosité douloureuse qui n'avait pas de limites », sous laquelle disparaissait le « désir de la possession physique » (p. 23). Une seconde étape est franchie au chapitre VI, à la faveur des visites répétées de Frédéric à la maison d'Auteuil : « Elle lui dit son existence d'autrefois, à Chartres, chez sa mère ; sa dévotion vers douze ans ; puis sa fureur de musique, lorsqu'elle chantait la nuit, dans sa petite chambre, d'où l'on découvrait les remparts » (p. 297). Frédéric a progressé dans l'intimité de sa grande passion : après lui avoir énuméré les principaux événements de son existence, Mme Arnoux lui livre, quelques mois plus tard, une histoire de ses états d'âme. Chez Emma Bovary aussi, la sensibilité religieuse s'était muée, à l'adolescence, en sensibilité artistique ; celle-ci chante, l'autre jouait du piano. Ainsi les deux grandes héroïnes de Flaubert sont-elles des types banals de jeunes filles romantiques, soumises à l'éducation qu'on donnait alors à leur sexe.

Ces confidences, Frédéric les a payées de la pureté réaffirmée de ses intentions :

« Il ne parla point de son amour. Pour lui inspirer plus de confiance, il exagéra même sa réserve » (p. 296). Du moment que la curiosité de ce qui touchait à l'« apparition » a, d'emblée, plus compté à ses yeux que le « désir physique », on se dit qu'il est en train de réussir sa conquête. À moins qu'on ne juge, au vu du maigre bilan des confidences, qu'il réalise un marché de dupes. Les « limites » de sa curiosité ont-elles été atteintes grâce à des aveux qu'auraient consentis, en termes identiques, des milliers de bourgeoises rêveuses et insatisfaites ? Les illusions du romantisme sont ici plus cruellement moquées qu'elles ne l'étaient par les roucoulades amoureuses de Léon et d'Emma : pour un temps au moins, ceux-ci comblaient leur désir physique.

Jusqu'à quel point le lecteur se rendra-t-il complice des clichés amoureux qui ont mystifié Frédéric sur le bateau ? Alors que Mme Arnoux est « apparue » au jeune homme nimbée de lumière, les passagers de *La Ville-de-Montereau* n'ont pas « eu l'air de la remarquer » (p. 25). Que Jacques Arnoux la délaisse pour des maîtresses insignifiantes n'est certes pas un indice en sa défaveur : les maris volages trouvent toujours plus séduisantes les femmes des autres. Font-ils l'éloge de la leur ? C'est en général pour susciter l'envie. « Et comme corps de femme ! » lance Arnoux à Frédéric (p. 208). Cherche-t-il à se vanter ou à remuer le fer dans la plaie ? De ce corps, enrobé de vêtements où s'enfouit son désir, Frédéric ne verra jamais, outre le visage, que les doigts (p. 23, 298) et ce que laisse deviner de son pied l'échancrure de la chaussure : « Elle avait de petites chaussures découvertes, en peau mordorée, avec trois pattes transversales, ce qui dessinait sur ses bas un grillage d'or » (p. 101). Sur cette naissance de son pied se concentre, dirait-on, son désir érotique : « La vue de votre pied me trouble », lui avouera-t-il lors de leur dernière entrevue (p. 454). « Elle passe pour très jolie », dit d'elle Mme Dambreuse (p. 212). Deslauriers, lui, la « trouve pas mal, sans avoir pourtant rien d'extraordinaire » (p. 79), tandis que pour Rosanette, c'est « une personne d'un âge mûr, le teint couleur de réglisse, la taille épaisse, des yeux grands comme des soupiraux de cave, et vides comme eux ! » (p. 443). La malveillance du premier, la jalousie de la seconde rendent leur jugement suspect, mais pourquoi se fierait-on davantage à la politesse insignifiante de Mme Dambreuse ? Madame Bovary, elle, séduisait tous les hommes qu'elle rencontrait, et peu s'en fallait que Rodolphe ne renonçât pour elle à sa carrière de Don Juan ; Mme Arnoux décourage-t-elle les prétendants par sa vertu, ou manque-t-elle d'appas pour les attirer ?

Un seul passage du roman semble consacrer sa beauté : « D'ailleurs, elle touchait au mois d'août des femmes, époque tout à la fois de réflexion et de tendresse, où la maturité qui commence colore le regard d'une flamme plus profonde, quand la force du cœur se mêle à l'expérience de la vie, et que, sur la fin de ses épanouissements, l'être complet déborde de richesses dans l'harmonie de sa beauté » (p. 299). Ce portrait fait pendant à celui d'Emma Bovary : « Jamais madame Bovary ne fut aussi belle qu'à cette époque ; elle avait cette indéfinissable beauté qui résulte de la joie, de l'enthousiasme, du succès[1]. » Les deux héroïnes sont à l'apogée de leur vie de femme, Emma approchant de la trentaine, que Mme Arnoux a légèrement dépassée. Une nuance sépare toutefois les deux pages. Dans *Madame Bovary,* après avoir révélé Emma grâce aux yeux de Charles, de Léon, puis de Rodolphe, le romancier cautionnait leur admiration en disant « madame Bovary », appellation étrangère au langage des trois hommes. Dans *L'Éducation sentimentale*, où la perspective est presque toujours ambiguë, le lecteur peut soupçonner le regard de Frédéric de magnifier le portrait de celle qui demeure, pour lui, « madame Arnoux ».

[1] *Madame Bovary,* IIe partie, chap. XII.

LA « GÉNÉRATION » DE FRÉDÉRIC

Jusqu'à quel point devons-nous à la conscience de Frédéric notre connaissance des figures secondaires ? Quand le jeune homme fréquente l'atelier de Pellerin, Flaubert développe un portrait et une brève histoire de la carrière du peintre (« Pellerin lisait tous les ouvrages d'esthétique [...] qui constitue les comédiens », p. 55), perspective générale maintenue au paragraphe suivant (« On remarquait en entrant chez lui deux grands tableaux »), puis subitement restreinte (« Frédéric les admira »). Il est traditionnel que soient décrits et analysés des personnages du moment où ils vont jouer un rôle dans l'intrigue ou intéresser le protagoniste. La particularité de Flaubert est la porosité qui s'établit entre la pensée de son personnage et le discours du romancier. Si les convoitises et les irritations de Pellerin sont connues du lecteur, c'est (peut-être) parce qu'elle occupent les discours qu'il tient à Frédéric, lors de ses visites. La même analyse vaudra pour le portrait de Regimbart, dont la ponctualité chez Arnoux est mise en parallèle avec celle de Frédéric :

« Tous les jours, Regimbart s'asseyait au coin du feu, dans son fauteuil, s'emparait du *National*, ne le quittait plus [...].

À huit heures du matin, il descendait des hauteurs de Montmartre, pour prendre le vin blanc dans la rue Notre-Dame-des-Victoires [...] » (p. 57).

On doute que Frédéric l'ait jamais suivi, à ce stade du roman, dans son périple assez compliqué des cafés parisiens ; mais un pli de lecture a été pris : si le romancier nous donne ces informations, c'est sans doute que quelqu'un (peut-être

Regimbart en personne) les a communiquées à Frédéric, et qu'il s'en est étonné.

Les personnages entrent dans le roman à mesure qu'ils sont vus par Frédéric, et leur place dans l'intrigue est proportionnelle à l'importance qu'ils prennent dans sa vie. Parfois, pourtant, le romancier s'autorise des considérations étrangères au héros. Le portrait physique de Sénécal se réduit à un commentaire de l'impression qu'il produit sur Frédéric (« Ce garçon déplut à Frédéric. Son front était rehaussé par la coupe de ses cheveux taillés en brosse. Quelque chose de dur et de froid perçait dans ses yeux gris [...] », p. 70), mais son portrait moral (« Républicain austère, il suspectait de corruption toutes les élégances, n'ayant d'ailleurs aucun besoin, et étant d'une probité inflexible », p. 71) excède l'opinion que le jeune homme peut, à ce stade du roman, formuler sur son caractère. Plus la galerie des personnages s'étoffe, moins Flaubert se tient à ce qui semblait son projet initial : la peinture d'un monde tributaire de la conscience de son héros. Ainsi, Frédéric serait rassuré s'il soupçonnait les frayeurs du vicomte de Cisy avant le duel qui doit les opposer (p. 252-253). Passant de l'autre côté du miroir pour révéler les sentiments de Mme Arnoux, Flaubert doit, de même, éclairer les figures de la génération de Frédéric. Celui-ci n'a pas l'envergure ni l'intelligence du narrateur d'*À la recherche du temps perdu* : sa candeur sentimentale et les lacunes de son jugement obligent le romancier à lui apporter un renfort. En d'autres termes, du moment qu'il a choisi pour héros un médiocre observateur, Flaubert doit, peu ou prou, accepter de devenir un romancier balzacien. « On pourrait même dire que *L'Éducation sentimentale* est une *Comédie humaine* comprimée », avance Jean Borie[1]. Disons plutôt : une « comédie humaine » *focalisée* par une conscience dont le romancier doit parfois franchir les limites.

Cette pente du roman n'empêche pas le regard de Frédéric de singulariser, à l'approche du dénouement, un nouveau personnage. Car c'est ainsi qu'il redécouvre Jacques Arnoux, désormais très âgé, reclus dans son magasin d'objets religieux. Ceux-ci stimulent, en raison de la niaiserie consubstantielle à l'art sulpicien, la verve descriptive de Flaubert. L'ironique tableau, dans lequel sourient les portraits de Mgr Affre et de notre Saint-Père, trouve son achèvement grâce à sa figure centrale : « Arnoux, à son comptoir, sommeillait la tête basse. Il était prodigieusement vieilli, avait même autour des tempes une couronne de boutons roses, et le reflet des croix d'or frappées par le soleil tombait dessus » (p. 426). C'est comme une apparition...

---

[1] Jean Borie, *Frédéric et les amis des hommes*, p. 31.

FRÉDÉRIC ET SES MAÎTRESSES

En dépit de l'accumulation des figures d'artistes, de bohèmes, d'aventuriers et d'intrigants qui composent la « comédie », *L'Éducation sentimentale* demeure-t-elle, prioritairement, une histoire d'amour ? On a envie de le croire dans la mesure où, à l'exception de la petite Louise Roque, dont a été esquissé un roman sentimental autonome, nous ne connaissons les figures féminines qui comptent dans la vie de Frédéric que grâce à son regard.

La « jolie Mme Dambreuse » (p. 37) ne l'est que pour les chroniqueurs des journaux de mode : Frédéric la trouve « ni grande ni petite, ni laide ni jolie » (p. 109) le soir où il l'aperçoit dans une loge de théâtre. Il est vrai que, faute de l'avoir reconnue, il peut la considérer sans préjugé. Comment l'aurait-il reconnue ? La seule fois qu'il l'avait entrevue, elle ne lui avait présenté « que son dos, couvert d'une mante violette » (p. 38) [1]. L'« apparition », si l'on ose dire, de Mme Dambreuse, enfermée dans cette voiture sombre dont Frédéric a le temps d'admirer le luxe et de sentir le parfum, s'oppose à celle de Mme Arnoux, dont la silhouette se découpait dans une lumière de plein air et dont les atours signifiaient moins la mondanité que les vertus domestiques. La position, de dos, exclut évidemment que leurs yeux se rencontrent. La « petite boîte capitonnée » où elle se

[1]. Par quel hasard est-il question de « violette » chaque fois qu'une femme montre son dos (voir *supra*, p. 100) ?

tient préfigure les endroits clos où Frédéric la retrouvera au long du roman (le théâtre, son salon, sa chambre quand elle deviendra sa maîtresse et, pour finir, la salle des ventes où elle savourera la mise en pièces du mobilier de sa rivale). De même le « parfum d'iris » qui s'échappe de la boîte annonce-t-il sa vocation florale : « sa robe de taffetas lilas » fera d'elle, aux yeux de Frédéric, « une fleur de haute culture » (p. 261), et c'est « par-dessus des fleurs dans une corbeille » qu'elle lui sourit lors de leur premier repas en tête à tête (p. 401). Cette mondaine confinée révélera à Frédéric à quel point elle est une fleur vénéneuse après la mort de son mari, par sa stupéfiante exclamation : « Ah ! sainte Vierge ! quel débarras ! » (p. 407). Quand Sénécal, changé en garde-chiourme de l'ordre public, tue Dussardier, nous sommes mieux préparés que Frédéric, grâce aux analyses psychologiques du personnage, à ce navrant retournement. Face à la monstruosité de Mme Dambreuse, la surprise de Frédéric et celle du lecteur sont égales. L'éternel sourire de la mondaine, auquel semble la prédisposer « sa bouche un peu longue » (p. 182), nous a masqué, autant qu'au jeune homme, les ressources des mondaines qui s'exercent à l'amour.

Autant que Mme Dambreuse par son sourire, Rosanette se signale par ses larmes. Frédéric ne connaît rien d'elle le soir où il aperçoit au théâtre, aux côtés d'Arnoux et d'une autre femme (la

Vatnaz ?), « une jeune fille blonde, les paupières un peu rouges comme si elle venait de pleurer », qui est venue s'asseoir entre eux (p. 43). Le lecteur ne dispose d'aucun indice pour faire le lien entre cette « jeune fille » malheureuse et la « jeune femme » triomphante, « en costume de dragon Louis XV », qui donne un magnifique bal où Arnoux amène Frédéric. « C'était Mlle Rose-Annette Bron, la maîtresse du lieu » (p. 135). Parce qu'elle est ce soir-là déguisée en « Maréchale », ce surnom lui restera attaché. Sa superbe s'estompera avant la fin de la soirée : « Rosanette pencha le visage ; Frédéric, qui la voyait de profil, s'aperçut qu'elle pleurait » (p. 144). Des années plus tard, alors qu'ils échangent des confidences à Fontainebleau, Frédéric reçoit confirmation que c'était bien elle qu'il avait vue en compagnie d'Arnoux dans une loge de théâtre. « — Oui, c'est vrai !... Je n'étais pas gaie dans ce temps-là ! » (p. 360). L'a-t-elle jamais été ? « Avec des larmes dans la voix » (p. 167), elle s'est plainte un jour à Frédéric des mauvaises manières d'Arnoux ; si elle se vante une autre fois qu'elle est de celles qu'on aime toujours, c'est en « ayant une larme aux paupières » (p. 285), elle accueille avec de « petits sanglots » ses revers de fortune (p. 341) et croit sangloter à l'unisson avec Frédéric devant le cadavre de leur enfant (p. 439). C'est la deuxième fois que Frédéric pleure dans ses bras (voir

p. 311) ; chaque fois, c'est parce qu'il songe à Mme Arnoux.

Rosanette peut bien s'étourdir dans la joie et dans l'amour : elle était, depuis son enfance, vouée au malheur. Jamais Balzac ou Zola n'auraient attendu l'épisode de Fontainebleau pour faire retour sur son passé : « Ses parents étaient des canuts de la Croix-Rousse. Elle servait son père comme apprentie [...] » (p. 358). L'espèce de « roman naturaliste » ainsi ébauché ne trouve droit de cité dans l'intrigue que parce que Rosanette a, désormais, besoin d'ouvrir son cœur à Frédéric. Tandis que Mme Arnoux se confiait à Frédéric pourvu qu'il réaffirmât sa chasteté, Rosanette se raconte aux hommes à partir du moment où elle est devenue leur maîtresse. Au terme de son histoire, plus mouvementée que celle de Mme Arnoux : une tentative de suicide. « Frédéric songeait surtout à ce qu'elle n'avait pas dit. Par quels degrés avait-elle pu sortir de la misère ? À quel amant devait-elle son éducation ? Que s'était-il passé dans sa vie jusqu'au jour où il était venu chez elle pour la première fois ? Son dernier aveu interdisait les questions » (p. 359-360). Les « limites », imposées à la « curiosité » par l'aveu évasif du suicide, empêchent que se développe ici, non le paysage d'une âme, mais un récit tout aussi banal : celui d'une fille d'ouvriers qui n'a pu trouver que dans ses charmes naturels le moyen d'échapper à la misère.

Rosanette, héroïne d'un roman naturaliste avorté ? Réutilisant l'expression que Jean Borie emploie à propos de *La Comédie humaine,* nous dirons que le petit « roman » de Rosanette correspond à la fin de *L'Assommoir* et à *Nana,* d'E. Zola, mais « comprimés », ou plus exactement réduits en fonction des maigres informations livrées à Frédéric. Quant au type même de l'héroïne, tandis que Nana tombera du côté de la prostitution, Rosanette est connue comme une « lorette » (on appela ainsi, à partir des années 1840, des femmes entretenues, souvent installées par leur protecteur dans le quartier de Notre-Dame-de-Lorette, au nord de la Chaussée d'Antin). Toutefois, le nombre d'hommes qui ont de Rosanette une connaissance intime (« C'est une bonne affaire ! » signale par exemple le baron de Comaing, p. 246) rend fragile la frontière qui sépare les deux catégories.

Le « roman naturaliste » a un prolongement virtuel dans l'imagination de Frédéric quand il voit, au bal chez Rosanette, une fille crachant le sang : « Alors, il frissonna, pris d'une tristesse glaciale, *comme s'il avait aperçu* des mondes entiers de misère et de désespoir, un réchaud de charbon près d'un lit de sangle, et les cadavres de la Morgue en tablier de cuir, avec le robinet d'eau froide qui coule sur leurs cheveux » (p. 145 ; nous soulignons).

Sur l'intimité charnelle de Frédéric avec ses deux maîtresses, nous ne savons rien. Le soir où il entraîne Rosanette dans la chambre destinée à Mme Arnoux, le romancier enchaîne de l'offrande des pantoufles achetées pour l'« autre » au réveil des deux amants, vers une heure du matin. Une ellipse pudique a soustrait au lecteur leur première étreinte (p. 311) ; on suppose seulement que la gourmandise, manifestée par la jeune femme à la table d'auberge de Fontainebleau (p. 356) — et dont elle sera finalement punie : « Elle est veuve d'un certain M. Oudry, et très grosse maintenant, énorme » (p. 456) — signale une sensualité qui sait s'exercer autrement. Quant à Mme Dambreuse, c'est lorsqu'elle parade dans son salon que la « convenance de ses manières » fait rêver Frédéric à « d'autres attitudes » (p. 403), suggestion polissonne, qui dispense de tout autre détail. C'est un « amour de tête », comme dirait Stendhal, que Frédéric a conçu pour cette mondaine. « Mme Dambreuse : mauvais coup », avait crûment écrit Flaubert dans ses Carnets. Pour *Madame Bovary* déjà, il avait, dans ses brouillons, indiqué le comportement sexuel d'Emma avec des notations obscènes, gommées du texte final. Mais celui-ci gardait des traces explicites de l'instinct de débauche de l'héroïne. L'extrême réserve dont Flaubert fait preuve dans *L'Éducation sentimentale* n'obéit donc ni à une pudeur personnelle (Dieu sait !), ni à la censure de l'époque, mais au souci de conformer son texte à la timidité de son héros, évidemment choqué quand Jacques Arnoux évoque les cuisses de sa femme, mais aussi peu à l'aise au milieu de ces conversations masculines où on se fait gloire de faciles bonnes fortunes.

LES DESCRIPTIONS

Cette interaction entre le discours du romancier et les pensées du personnage modèle la plupart des descriptions. On l'observe dès la deuxième page du roman (p. 20). Le paysage aperçu de *La Ville-de-Montereau* (« La rivière était bordée par des grèves de sable [...] ») n'est soumis à aucune focalisation explicite, mais s'il s'éloigne progressivement, c'est qu'il est vu ainsi par les passagers du bateau, et plus précisément par *le* passager que le romancier a individualisé. Qui contemple, ensuite, le spectacle des maisons de banlieue défilant sur le bord du fleuve ? Frédéric n'est réintroduit qu'au paragraphe suivant (« Frédéric pensait à la chambre [...] dessins bleus »). Mais l'opposition du contenu des deux paragraphes (d'une part, le bonheur matériel convoité par des petits-bourgeois expansifs ; d'autre part, les aspirations artistiques d'un jeune homme mélancolique) suggère, après coup, que la vulgarité joyeuse des passagers ne ressort aussi vivement que parce qu'elle était observée par un regard dédaigneux. La réflexion « Plus d'un, en apercevant ces coquettes résidences, si tranquilles, enviait d'en être le propriétaire [...] » sera elle-même attribuée au héros, qui devine, chez ces bourgeois avec lesquels il prend ses distances, des désirs opposés aux siens. En somme, le lecteur doit faire retour sur l'ensemble de la page ; la sachant tributaire de la vision de Frédéric, il la relit d'un œil différent. Cette contrainte de lecture ne vaut que pour le début du roman : on s'habitue, chemin faisant, à cette perspective narrative en apparence indécise, orientée en réalité (sauf dans les scènes d'où il est absent) par le regard du héros. Et encore les lecteurs de *Madame Bovary* sont-ils, quand ils abordent pour la première fois *L'Éducation sentimentale*, préparés à ce mode de focalisation implicite.

Ils s'y sont en tout cas accoutumés quand ils lisent, à la fin du chapitre IV de la première partie, le récit de la promenade de Frédéric à la sortie de son premier dîner chez les Arnoux. Ce récit est interrompu, dirait-on, par une description des bords de la Seine : « Les réverbères brillaient [...] ; un vent léger soufflait » (p. 68-69). Frédéric n'est nulle part mentionné dans ce paragraphe, tout entier composé de lignes, de volumes et de couleurs (« deux lignes droites » ; « profondeur de l'eau », « masses d'ombre » ; « rouges », « couleur ardoise », « le ciel, plus clair »...). Les marques du récit encadrant cette description suggèrent pourtant que c'est bien *aux yeux de Frédéric* qu'est apparu ainsi ce paysage nocturne. « Il se reconnut au bord des quais » a introduit en effet le spectacle des bords du fleuve, tandis que « Il s'était arrêté au milieu du Pont-Neuf » indique, grâce au plus-que-parfait, que sa promenade a été interrompue avant que ne débute la description. Son arrêt sur le pont et sa contemplation du panorama ont donc autorisé ce large tableau englobant les deux rives. L'intériorisation du paysage est confirmée par la fin du chapitre : la décision de Frédéric de devenir peintre était contenue dans la vision toute picturale qu'il avait prise du spectacle. Elle se concrétise au début du chapitre suivant : « Le lendemain, avant midi, il s'était acheté une boîte de couleurs, des pinceaux, un chevalet. »

On multiplierait les exemples de la sorte. Ainsi, lors du retour de Frédéric à Paris, après avoir écrit : « tout à coup il aperçut le Panthéon » (p. 122), Flaubert commence un long paragraphe descriptif évoquant les quartiers pauvres (le sud de l'actuel XIIIe arrondissement) que traverse la diligence. Cette description offre, à un premier degré, le même intérêt que celles de romans de Balzac ou de Zola : elle restitue à notre imagination un Paris aujourd'hui disparu. Le lecteur du XXIe siècle s'étonne que « de hautes portes, comme il y en a dans les fermes », découvrent des cours pleines d'immondices dans des rues aujourd'hui très urbanisées. L'accent est mis sur la saleté, la vulgarité, le mauvais goût des boutiques ou de leurs enseignes. L'intérêt du passage n'est pourtant pas prioritairement documentaire : comme lors de la description des passagers de *La Ville-de-Montereau*, il faut comprendre que c'est aux yeux de Frédéric que le paysage apparaît ainsi. Peut-être les « enseignes de sage-femme » représentant « une matrone en bonnet, dodelinant un poupon dans une courtepointe garnie de dentelles », ont-elles spécialement lieu d'attirer son attention ? Frédéric révélera son dégoût de la paternité lorsqu'il se retrouvera lui-même affligé d'un « poupon » (p. 418), dont le destin sera de poser, non sur une vulgaire enseigne, mais pour un hideux tableau pareil à une nature morte (p. 433). Tout finit par faire sens, dans un roman, du moment qu'on en connaît la suite... Si un doute subsistait sur la focalisation de la description, il serait levé aux dernières lignes du paragraphe qui découvrent, sur le ciel pâle, « deux yeux qui valaient pour lui le soleil », resplendissant derrière la brume. « Lui » renvoie à Frédéric, dont le nom n'a pas été prononcé durant tout le paragraphe ; autant dire qu'il y a été, d'un bout à l'autre, implicitement présent. Il est encore moins besoin, pour le romancier, de préciser à qui appartiennent les deux yeux...

L'envahissement du récit par la description est peut-être moins massif, dans *L'Éducation sentimentale*, qu'on ne l'a dit parfois. Si l'on s'avisait d'y compter et d'y mesurer les passages descriptifs, on les trouverait moins nombreux et moins longs que dans la plupart des romans de Balzac. Leur particularité est qu'il est difficile, précisément, de les délimiter. Ils ne constituent pas, selon des catégories sommaires, des pauses du récit : celui-ci, se poursuivant, prend en charge ce qui se présente aux yeux ou à la conscience du héros. Mais, parce que la contemplation du monde envahit sa conscience, ce héros devient un héros « moderne », ou si l'on préfère un « anti-héros ». Le chevalier des romans du Moyen Âge ou l'inspecteur de police des romans policiers, quand ils parcourent la forêt ou les rues d'une ville, y cherchent des repères où s'inscrira leur action ; si le romancier souhaite, dans une intention documentaire ou poétique, décrire le cadre de son intrigue, il le fait plutôt en marge de la conscience de son héros. Chez Balzac, si un jeune provincial considère Paris, c'est un peu à la manière d'une carte d'état-major : faubourg Saint-Germain, quartier de la presse, quartier des affaires ; la Seine a pour fonction de séparer les deux rives, et si un héros la contemple (*La Peau de chagrin*), c'est avec l'intention de s'y suicider — ce qui serait encore un mode d'agir. Les grandes descriptions parisiennes de *La Comédie humaine*, habitées par une imagination qui les rend parfois fantastiques (Paris est un enfer...), sont du reste souvent superposées par le romancier à la vision de ses personnages. Dans *L'Éducation sentimentale*, Paris est décrit au gré des errances de Frédéric, et le décor figure sa pensée. La Seine est son lieu de méditation préféré parce qu'elle s'écoule paresseusement, et jamais ne lui vient l'idée de s'y jeter. « Frédéric put admirer le paysage

pendant qu'on prononçait les discours »,
écrit Flaubert (p. 413) quand son héros
assiste aux obsèques de M. Dambreuse.
En l'occurrence, il n'a pas grand-chose
d'autre à faire. Mais souvent, dans le
roman, il lui arrive d'admirer le paysage.
On le soupçonnera même, pendant la révolution de février 1848, de passer le plus
clair de son temps à admirer un paysage
d'émeute.

« Les coureurs ne prennent pas le temps d'admirer
le paysage », lit-on souvent en légende des photos
des magazines qui célèbrent les exploits des cyclistes
du Tour de France. C'est le signe que les « forçats
de la route » sont de vrais héros.

On sait, grâce aux phénoménologues,
que toute conscience est conscience *de*
quelque chose. Inscrire ce « quelque
chose » dans le texte, c'est donner une idée
de la conscience elle-même. Au lieu de
dire d'un personnage : « il est désœuvré »
(simple *information*), mieux vaut, quand
on est écrivain, *exprimer* ce désœuvrement
en suggérant que sa conscience, vide de
tout projet d'action, a fini par être absorbée par ce qui l'occupait. À cet égard
encore, Flaubert a été considéré comme
un des pionniers du « nouveau roman », où
la description, envahissante, finira par être
une figuration de la conscience d'un
héros-narrateur que le lecteur créditera s'il
le souhaite, au plan psychologique, de passivité. Un passage de *L'Éducation sentimentale* annonce mieux que d'autres le

« nouveau roman » : « Il considérait les fentes des pavés, la gueule des gouttières, les candélabres, les numéros au-dessus des portes. Les objets les plus minimes devenaient pour lui des compagnons, ou plutôt des spectateurs ironiques » (p. 305). Mais c'est le principe des « nouveaux romanciers » qui est ici en germe, non leur mode d'écriture. Ces objets minimes qu'un Robbe-Grillet décrira par le menu (songeons au fameux quartier de tomate des *Gommes*), Flaubert se contente de les énumérer. Sur ce point, il était allé plus loin dans *Madame Bovary*, où se voyaient, par exemple, des insectes à pattes fines sur les nénuphars ou de petits globules bleus crevant à la surface de l'onde (IIe partie, chap. III), au point qu'on lui reprocha alors son « obstination de la description [1] ».

La description des beautés du château et de la forêt de Fontainebleau (IIIe partie, chap. I) pose un cas d'espèce parce qu'elle est souvent focalisée grâce aux regards conjoints de Frédéric et de Rosanette. Ainsi s'exprime, entre le héros et sa maîtresse, une communion de nature poétique (si « fleur bleue » soit-elle) qui n'existe jamais à ce degré entre lui et Mme Arnoux. « Ils furent éblouis par la splendeur du plafond, divisé en compartiments octogones, rehaussé d'or et d'argent [...] », écrit Flaubert (p. 350). Il est vrai que les visions des deux amants se disjoignent en cours de route puisque le paragraphe s'achève avec le regard de concupiscence porté par Frédéric sur

[1]. Article de Duranty dans la revue *Réalisme*, 15 mars 1857.

Diane de Poitiers, dont un bref dialogue nous révèle que Rosanette ignore jusqu'à l'existence. À quel moment la contemplation du jeune homme cultivé et celle de la lorette ignorante se sont-elles séparées ? On relit le paragraphe sans pouvoir en décider : la prose de Flaubert est un *continuum* oscillant sans indice révélateur entre des modes possibles de focalisation.

Une même communion s'ébauche entre les deux amoureux devant le spectacle de la forêt. Un bref paragraphe (« Debout, l'un près de l'autre [...] », p. 354) a exprimé la fusion de leurs sentiments. La description qui suit (« La diversité des arbres faisait un spectacle changeant [...] ») est donc censée figurer ce qui s'offre à leurs yeux et à leurs cœurs. Rarement Flaubert s'est montré, dans *L'Éducation sentimentale*, aussi lyrique que dans cette page, usant, à l'instar des écrivains romantiques, de métaphores qui anthropomorphisent la nature, agrandissant et ennoblissant le tableau grâce à l'évocation des Titans, lui donnant enfin, mais par la bouche de Frédéric cette fois, une forme d'éternité qui l'oppose au spectacle éphémère et contingent offert, au même moment, par les insurgés sur le pavé de Paris. À la limite, c'est une justification de sa désertion politique qu'élabore Frédéric en s'enivrant devant ce magnifique décor qui transcende les époques. On se doute que Rosanette, d'abord à l'unisson de son amant, n'a pas eu la constance de partager longtemps son enthousiasme. À quel instant a-t-elle décroché ? Le recours aux Titans, peut-être tributaire de l'imagination de Frédéric, ne doit déjà pas faire partie de son champ culturel. La discordance apparaît nettement, cette fois encore, avant la fin du paragraphe : « Rosanette détournait la tête, en affirmant que "ça la rendait folle", et s'en allait cueillir des bruyères. »

Les deux descriptions, du château et de la forêt, ont donc moins pour fonction d'offrir au lecteur des beautés touristiques que d'exprimer la fusion naïve et éphémère des deux amants. « S'aimer, c'est regarder dans la même direction », écrira Antoine de Saint-Exupéry. Aussi instable qu'une enfant, Rosanette est incapable de se concentrer longtemps sur les spectacles que lui donne à voir Frédéric.

D'un style aussi lyrique était la description, dans *Par les champs et par les grèves* (1847), du spectacle grandiose de la nature enchâssant le château de Clisson. « Un enthousiasme grave vous prend à l'âme ; on sent que la sève coule dans les arbres et que les herbes poussent, en même temps que les pierres s'écaillent et que les murailles s'affaissent. Un art sublime a arrangé, dans l'accord suprême des discordances secondaires, la forme vagabonde des lierres au galbe sinueux des ruines, la chevelure des ronces au fouillis des pierres éboulées [...] » (Pocket, 2002, chap. III, p. 73). Ce passage du récit du voyage effectué par Flaubert en Bretagne avec Maxime Du Camp invite le lecteur à l'émotion ; placée en situation romanesque (la nature éternelle absolvant le héros de ses devoirs quotidiens...), la description de *L'Éducation sentimentale*, quoique composée du même type de vocabulaire et d'images, prend au contraire un tour ironique.

Dans *Par les champs et par les grèves* encore, Flaubert usait d'un ton plus plaisant pour évoquer le château de Chenonceaux : « Nous avons vu dans la chambre de Diane de Poitiers le grand lit à baldaquin de la royale concubine, tout en damas bleu et cerise. S'il m'appartenait, j'aurais bien du mal à m'empêcher de m'y mettre quelquefois. Coucher dans le lit de Diane de Poitiers, même quand il est vide, cela vaut bien coucher avec quantité de réalités plus palpables. N'a-t-on pas dit qu'en ces matières le plaisir n'était qu'imagination ? » (éd. citée, chap. I, p. 56). Devant un autre lit de Diane de Poitiers (celui de Fontainebleau), Frédéric rêve plus concrètement d'y mettre sa maîtresse. Il attendra la dernière partie de son existence pour comprendre que les plaisirs ne sont qu'imagination.

Quand la révolution a éclaté, les descriptions sont significatives du regard que portent aussi bien le romancier que son héros sur les événements. Les deux divergent alors plus franchement que dans le reste du roman. Si Flaubert épouse la vision de Frédéric pour évoquer le provisoire retour au calme qui s'étend sur les lieux de l'action (« Une pareille assertion calma Frédéric. La place du Carrousel avait un aspect tranquille [...] », p. 316), l'invasion des Tuileries se charge de notations où se reconnaît l'horreur du romancier pour les excès révolutionnaires. La « foule » qui se contente de regarder, « inoffensive », est dans ce passage opposée au « peuple » (p. 317), dont les débordements sont redoutables. C'est un étrange retournement sémantique qui dévalorise ici le peuple, glorifié par la plupart des romantiques, au profit de la foule, ordinairement tenue pour aveugle, mais dont la passivité mérite l'indulgence de Flaubert. S'il recourt exceptionnellement à des comparaisons dignes de Hugo ou de Michelet (« flots vertigineux de têtes nues », « comme un fleuve refoulé par une marée d'équinoxe »...), son lyrisme ne doit pas faire illusion : cette tempête figure tout le contraire du progrès en marche. Frédéric a-t-il reconnu la « canaille » et des « voyous » dans ces individus qui se livraient à des saccages, et juge-t-il lui-même « effrayante » la prostituée métamorphosée en statue de la Liberté ? « — N'importe ! dit Frédéric, moi, je trouve le peuple sublime » (p. 318-319). Un décalage s'est ici produit entre le romancier et son personnage. Sera-t-il réduit quand Frédéric, revenu de son enthousiasme révolutionnaire, préférera oublier dans la forêt de Fontainebleau l'agitation populaire des journées de Juin ? On a vu que sa communion avec Rosanette face aux beautés de la nature et de l'Histoire suscitait de l'ironie. Militant ou déserteur, on est toujours perdant avec Flaubert.

V. ANATOMIE DES ÉCHECS

LE RÔLE DU HASARD

Si Frédéric a échoué dans la vie, c'est parce qu'il n'a pas eu de chance. Lui et Deslauriers dressent, au dernier chapitre, le bilan de leur existence : « Puis, ils accusèrent le hasard, les circonstances, l'époque où ils étaient nés » (p. 457), faisant une sorte d'écho au « C'est la faute de la fatalité ! » par lequel le pauvre Charles, à la fin de *Madame Bovary*, excusait l'amant de sa femme.

Il est vrai qu'une série de hasards a décidé de l'existence de Frédéric. Est-ce bien original ? Antony, le héros de la tragédie d'Alexandre Dumas, qui enflamma l'adolescence de Flaubert et dont Frédéric imite les poses, s'étonnait déjà des bizarreries du destin : « Ah ! c'est que le hasard semble, jusqu'à présent, avoir seul régi ma destinée... Si vous saviez combien les événements les plus importants de ma vie ont eu des causes futiles !... Un jeune homme, que je n'ai pas revu depuis deux fois, peut-être, me conduisit chez votre père... J'y allai, je ne sais pourquoi, comme on va partout [...] [1]. » C'est au hasard d'une promenade qu'Antony a croisé l'homme qui lui a fait rencontrer celle qui allait devenir son unique passion. S'il avait, ce jour-là, choisi un autre chemin...

[1] A. Dumas, *Antony* (1831), acte II, sc. 3, Gallimard, « Folio Théâtre », 2002, p. 71.

Il appartient à son personnage de se lamenter, telle une victime particulière du destin, sur ce qui fait l'ordinaire des hommes. Chez Proust, le narrateur d'*À la recherche du temps perdu* reconstitue avec une curiosité plus détachée l'enchaînement des événements qui ont tissé sa vie : « En somme, si j'y réfléchissais, la matière de mon expérience, laquelle serait la matière de mon livre, me venait de Swann [...]. Pédoncule un peu mince, peut-être, pour supporter ainsi l'étendue de toute ma vie[1]. » C'est parce qu'il a connu Swann que le narrateur a pu rencontrer sa fille Gilberte et sa femme, Odette ; suivant les recommandations de Swann, il s'est ensuite rendu à Balbec, où il a fait la connaissance d'Albertine, du peintre Elstir, de Saint-Loup, qui l'a introduit chez les Guermantes, etc. Si ses parents n'avaient pas fréquenté Swann, il aurait eu une autre vie, qui aurait fait la matière d'un livre différent, sans doute aussi riche et passionnant. Le génie, pour Proust, réside dans le moi profond de l'artiste, non dans les contingences de son existence.

Le « pédoncule » de l'existence de Frédéric, c'est Jacques Arnoux qui l'a, sur le bateau, présenté à sa femme, puis l'a reçu à *L'Art industriel* (où il fera la connaissance de la plupart de ses amis parisiens) et lui a fait rencontrer Rosanette ; et ainsi de suite. Échappe à cette série de déterminations la filière nogentaise : Deslauriers, Louise Roque, les Dambreuse... Si Frédéric avait raté le bateau pour Nogent,

[1]. Marcel Proust, *Le Temps retrouvé*, Gallimard, « Folio », 1990, p. 221-222.

il aurait peut-être épousé la petite Roque, en se consolant de sa médiocre fortune auprès de Mme Dambreuse, à moins que... Ce genre d'hypothèse, acceptable aux yeux du narrateur de Proust, puisque son génie aurait fait un chef-d'œuvre de n'importe quelle destinée, serait irrecevable aux yeux de Frédéric : sa passion pour Mme Arnoux lui apparaît en effet comme fatale. Il admettrait mieux, sans doute, qu'on jouât au « nez de Cléopâtre » (« s'il eût été plus court... »), c'est-à-dire : « si Mme Arnoux avait été moins belle... ». Mais c'est au tour du lecteur de refuser le jeu, puisque la beauté de Mme Arnoux n'est nullement avérée : du moment qu'elle répond à un stéréotype et à une attente du héros (il existe une époque de la vie pour tomber amoureux), on supposera que le halo de l'apparition eût estompé pour Frédéric n'importe quel défaut.

Alors que Charles Bovary répétait avec balourdise une expression toute faite, Frédéric et Deslauriers modalisent le hasard, ils l'historicisent, et le décorent d'un rythme ternaire dont le troisième terme, en s'allongeant, laisse à songer. En quoi les deux amis se distinguent aussi d'Antony, qui réduisait le monde à son cas personnel. Si le héros de Dumas était un héros romantique, c'était, au pire sens du terme, en vertu d'un égocentrisme exacerbé. Il existe une autre forme de romantisme, qui invite à voir dans son prochain un frère d'infortune (« Ah ! insensé, qui crois que je ne suis pas toi[1] ! ») et à se considérer soi-même, tel Musset, comme un « enfant du siècle ». Ce romantisme est celui de Frédéric et de Deslauriers : du moment qu'ils sont victimes de l'époque où ils sont nés, ils savent qu'en ont pâti, au même titre, les jeunes gens de leur « génération ». Le hasard a frappé large.

Le hasard est-il une simple invention de Frédéric et de Deslauriers ? Flaubert emploie le mot à neuf reprises[2] sans qu'il soit, dans la majorité des cas, placé dans la bouche de ses personnages, ni même tributaire du style indirect libre. Les synonymes du terme élargissent encore le champ d'investigation. Ainsi, c'est en raison de « la fatalité de leur nature » (p. 455) que les deux amis sont réunis, à la fin du roman, pour discuter des hasards de leur existence. Cette fatalité est-elle entérinée par le romancier, ou traduit-elle ironiquement la propension paresseuse des deux amis à ressasser ensemble leurs vieilles histoires ? L'incertitude de lecture reflète l'ambiguïté de la perspective voulue par Flaubert.

On relèvera, parmi bien d'autres hasards de l'intrigue, le deuil qui oblige les Dambreuse à décommander leur soirée, alors que Frédéric hésitait à se rendre chez eux ou à la fête de Mme Arnoux. « Le hasard le servit », écrit Flaubert (p. 100). Ce hasard est de faible portée : on soupçonne en effet que Frédéric eût opté de toute façon pour Mme Arnoux,

[1] Victor Hugo, préface des *Contemplations*.

[2] D'après Jean Bruneau, « Le rôle du hasard dans *L'Éducation sentimentale* », *Europe*, n° spécial *Flaubert*, p. 101-107.

sans que sa défection chez les Dambreuse tirât à conséquence. Faut-il considérer comme un hasard malheureux le fait que Mme Arnoux assiste aux courses du Champ-de-Mars le jour où Frédéric s'y laisse entraîner par Rosanette ? Mme Dambreuse s'y trouve elle aussi, avec son mari. Était-il si extraordinaire, après tout, que se retrouvât à cette manifestation tout ce que Paris contenait de monde et de demi-monde ? Flaubert, du reste, n'attribue pas explicitement cette rencontre au hasard, mais celui-ci servira d'excuse à Frédéric auprès de Mme Arnoux pour expliquer la présence à ses côtés de Rosanette : « Le hasard seul l'avait fait se trouver avec cette femme » (p. 295). Outre les vrais et les faux hasards, il faut donc bien compter ceux qu'on invente.

Le hasard le plus lourd de conséquences de tout le roman est la maladie de l'enfant des Arnoux, qui fait obstacle au rendez-vous accordé rue Tronchet par sa mère, non parce que celle-ci est retenue au chevet de son fils, mais parce qu'elle a cru à un avertissement du Ciel. Nous savons qu'en mettant la défection de Mme Arnoux sur le compte de la première journée révolutionnaire, Frédéric a sujet de croire à un étonnant croisement de l'Histoire avec la vie privée dont le roman offre d'autres exemples. Si Mme Arnoux avait eu la liberté de se déplacer, songe Frédéric, elle serait *illico* devenue sa maîtresse. Encore que le romancier ne démente à aucun moment les espoirs de son héros, on doute qu'elle eût accepté, dès le premier rendez-vous, de se laisser pousser dans l'encoignure d'une porte et entraîner dans cette chambre meublée où Frédéric lui avait préparé des pantoufles en satin bleu. Les pantoufles tiennent ici, dans l'imagination du héros, le même rôle que le chevalet et les pinceaux qu'il avait achetés lorsqu'il s'était décidé pour la peinture. De la subite décision d'être peintre à la préparation du chef-d'œuvre, du chaste rendez-vous à l'intimité du lit : dans les deux cas sont abolies les étapes intermédiaires, celles qui mènent graduellement à la réussite, artistique ou amoureuse. Qui a dit que Frédéric péchait par défaut de la ligne droite ? Avec lui, c'est tout l'un ou tout l'autre. Ou il se perd en d'interminables volutes, ou sa folle imagination lui présente comme déjà réalisé ce qu'il vient à peine de concevoir. Il en va ainsi des timides : le plus souvent, ils n'osent pas ; quand d'aventure ils se jettent à l'eau, ils le font avec une témérité désastreuse.

Voici comment se présentent la scène du rendez-vous de la rue Tronchet et ses conséquences dans le premier scénario du roman :

« Elle accepte un rendez-vous [dans un hôtel garni de la rue Tronchet *ajouté*] [que le lecteur croie qu'on va se foutre *ajouté*]. N'est pas baisée, par sa volonté. D'ailleurs Frédéric s'y prend mal. Alors sa passion, à lui, décroît, et à elle, augmente. Car tout lui manque. Et c'est de ce jour-là qu'elle l'aime fortement. Mais il n'a pas osé poursuivre. Le hazard [*sic*] aussi s'en mêle, les faits extérieurs, bref, l'occasion est à jamais manquée » (f° 37).

On mesure les différences avec le texte final. Ici, Mme Moreau se rend effectivement au rendez-vous de la rue Tronchet, qui devrait logiquement s'achever à l'hôtel. Cette issue est empêchée, pour partie par la résistance de Mme Moreau, pour partie par la maladresse de Frédéric. Si « hazard » il y a, Flaubert le réserve pour plus tard. D'autre part, le scénario donne à ce rendez-vous inabouti un rôle capital : les sentiments des deux amants vont, à partir de ce moment, évoluer dans des sens opposés, alors que dans le roman, nous ignorerons tout de l'évolution sentimentale de Mme Arnoux.

Un autre fragment du scénario contredit, en apparence, notre interprétation de la scène :

« Désir de la femme honnête d'être une lorette. Désir de la lorette d'être une femme du monde » (f° 34 v°). Est-ce à dire que l'honnête Mme Arnoux aurait (si elle s'était rendue rue Tronchet) aimé être conduite dans un hôtel garni ? Ce désir contredirait tout ce que nous devinons du personnage. Un indice : quand son mari veut l'inviter dans un cabinet particulier, Mme Arnoux ne comprend rien à ce « mouvement du cœur », « s'offensant même d'être traitée en lorette » (p. 196).

Ces deux passages du scénario montrent comment, jusque dans la psychologie des personnages, l'idée du roman a évolué depuis sa naissance jusqu'au texte final.

L'échec de Frédéric réside en fin de compte dans son incapacité à forcer le destin, c'est-à-dire à se rendre maître du hasard. Une terrible occasion se présente à lui de changer le cours de son existence, la nuit où Jacques Arnoux est, à ses côtés, de faction à la Garde nationale : « Arnoux dormait, les deux bras ouverts ; et comme son fusil était posé la crosse en bas un peu obliquement, la gueule du canon lui arrivait sous l'aisselle. Frédéric le remarqua et fut effrayé » (p. 344). Presser légèrement la détente du fusil ne lui coûterait pas plus d'effort que de saisir des pièces de monnaie dans sa poche, pour interroger le destin à la manière de René. Mais Frédéric n'a pas l'âme d'un meurtrier. La pensée qui l'effleure à cet instant traduit plutôt sa lâcheté : si Arnoux mourait, les obstacles qu'il ne se résout pas à affronter disparaîtraient par magie. Elle dénonce aussi, dirait-on, l'hypocrisie du prétexte sous lequel il diffère sans cesse sa conquête : cette pureté, qui sacralise son amour, ne vaudrait donc pas cher en l'absence du mari légitime ? Mais une autre pureté la remplacerait, celle de la vie conjugale : il s'imagine « au bord d'un fleuve, par un soir d'été, et sous le reflet d'une lampe, chez eux, dans leur maison. Il s'arrêtait même à des calculs de ménage, des dispositions domestiques [...] » (p. 345). Frédéric, décidément, est très peu « bovaryste » ; sauf si l'on désigne, sous ce nom, des affinités profondes avec Charles Bovary.

L'AMOUR

L'échec amoureux de Frédéric est contenu dans sa conception même de l'amour, romantique à l'extrême, écartelé entre la passion idéale et le désir. On se rappelle les deux héros des *Caprices de Marianne* (1833), d'Alfred de Musset : Coelio, tragique soupirant d'une femme mariée, et Octave, s'étourdissant dans le vin et la débauche. Les deux figures sont réunies en Frédéric, comme elles l'étaient sans doute en Musset lui-même.

Les clichés qui ont illuminé l'« apparition » sur le bateau sont explicitement formulés et développés dans la suite du texte. « L'amour est la pâture et comme l'atmosphère du génie. Les émotions extraordinaires produisent les œuvres sublimes. Quant à chercher celle qu'il me faudrait, j'y renonce ! D'ailleurs, si jamais je la trouve, elle me repoussera. Je suis de la race des déshérités [...] » (p. 34), explique Frédéric à Deslauriers, qui l'entretenait tout bonnement d'argent. La femme aimée est une Muse. Quand vous êtes né sous une mauvaise étoile, elle demeure inaccessible. L'échec amoureux programmé devient ainsi une excuse toute prête à l'échec de la création artistique. Plus loin, l'amour ressemble à « une envie de se sacrifier, un besoin de dévouement immédiat, et d'autant plus fort qu'il ne pouvait l'assouvir » (p. 104). De l'amour égoïste, qui vous élève audessus de vous-même, Frédéric est donc passé à l'amour altruiste, qui exige le don de soi. Le besoin de sacrifice étant, à l'image de l'amour, infini, il est logique qu'on ne puisse rien sacrifier du tout.

Le discours romantique sur l'amour constitue du reste une sorte de prêt-à-porter, transposable d'une femme à une autre, à l'exemple des pantoufles, achetées pour l'une et utilisées par une autre. Les « pages de poésie » lues par Frédéric à Mme Dambreuse sont-elles celles qui enflammèrent naguère ses déclarations à Mme Arnoux ? « Et leur causerie retombait sans cesse dans l'éternelle question de l'Amour ! » (p. 395), écrit Flaubert de ses tête-à-tête avec la mondaine. À défaut de vivre un amour éternel, Frédéric transfère l'éternité sur la « question » de l'Amour, et celui-ci est décoré d'une majuscule, comme une abstraction, du moment qu'il a été détaché de son objet principal.

Si son aventure avec Mme Dambreuse se réduit à un « amour de tête » où l'intérêt a sa part, ses deux amours pour Mme Arnoux et Rosanette se font parfois curieusement équilibre : « La fréquentation de ces deux femmes faisait dans sa vie comme deux musiques : l'une folâtre, emportée, divertissante, l'autre grave et presque religieuse » (p. 166). L'explication donnée à cette « confusion » est désarmante : Arnoux reprenant volontiers à l'une ce qu'il a donné à l'autre, leurs deux logements ont fini par se ressembler. Le fétichisme, qui attache Frédéric aux objets de Mme Arnoux et qui culminera lorsque, assistant à la vente aux enchères, il aura le sentiment de la perdre pour toujours, atteint ici au comble du dérisoire.

Flaubert suggère que, eussent-elles échangé tout à fait leurs atours, les deux femmes auraient du même coup échangé leurs attraits. Ailleurs, les deux amours répondent au principe des vases communicants : « Rosanette, avec son admiration pour les soldats, l'avait agacé tout l'après-midi ; et le vieil amour se réveilla » (p. 371). En somme, l'une chasse l'autre. La conjonction des deux figures pourrait se faire au mieux lorsque Frédéric accueille Rosanette dans la chambre préparée pour Mme Arnoux. Mais cette fois, le choc est trop fort. Les pleurs de Frédéric, déguisés en marque d'attendrissement, signalent, dans un roman où triomphe souvent le « grotesque triste [1] », un rare moment de véritable émotion.

Exprimer que l'amour de Frédéric pour Mme Arnoux est devenu « presque une manière générale de sentir, un mode nouveau d'existence » (p. 87), c'est expliquer qu'à force de passion, il ne cherchera jamais vraiment à la conquérir. Soit il juge les obstacles infranchissables, soit il les annule magiquement pour se projeter dans l'objet du désir, ce que Flaubert formule ensuite par la maxime générale : « L'action, pour certains hommes, est d'autant plus impraticable que le désir est plus fort » (p. 193). Quand un coin du voile est enfin levé sur les sentiments que Mme Arnoux éprouve pour Frédéric, on devine que l'amour de la jeune femme est de même nature : « Il lui semblait descendre dans quelque chose de profond,

---

1. C'est ainsi que Flaubert définissait son esthétique dans une lettre à Louise Colet du 22 août 1846.

qui n'en finissait plus » (p. 273), écrit Flaubert de son héroïne, écho au « Cela descendit dans les profondeurs de son tempérament » formulé à propos de Frédéric (p. 87). Ils étaient faits pour s'entendre : l'un et l'autre atteignent grâce à l'amour le plus secret de soi-même, mais parallèlement.

Quoique le « jeune homme » soit censé représenter sa génération, son échec amoureux ne ressemble pas à celui de ses amis. Il n'y a que Dussardier pour avouer qu'il voudrait « aimer la même, toujours ! » (p. 76) et révéler ainsi un désir partagé en secret par tous ceux qui font profession de cynisme ; mais, à la différence de Frédéric, Dussardier, qui est un ouvrier, a puisé cette conception de l'amour dans son cœur, non dans les livres. Quand elles ne sont pas carrément vénales ou limitées à des passades, les relations amoureuses du roman sont dictées soit par l'intérêt (Martinon l'arriviste courtisant la nièce des Dambreuse), soit par l'envie (Deslauriers, habitué à consommer les « restes » de Frédéric, épousant Louise Roque, qui s'enfuira avec un chanteur). Les infidélités incessantes d'Arnoux, le cri de soulagement de Mme Dambreuse près du cadavre de son mari, la préférence finalement donnée par Rosanette à son protecteur le plus riche (M. Oudry) : on ne voit guère que Regimbart, qui ne trompe sa couturière d'épouse qu'avec ses verres d'absinthe, pour illustrer la solidité de l'institution du mariage ; rien là qui prête à rêver. Flaubert était, comme chacun sait, un célibataire endurci.

P.-M. Wetherill relève dans un des états antérieurs du roman, pour le dernier chapitre, cette notation de Flaubert : « Frédéric marié père de famille » (« C'est ce que nous avons eu de meilleur », dans *Flaubert à l'œuvre*, p. 55). Peut-être, en prévoyant cette fin possible pour son héros, Flaubert le punissait-il d'une déchéance pire encore que celle à laquelle il s'est en définitive résolu...

L'ART

« L'encre est mon élément naturel. Beau liquide, du reste, que ce liquide sombre ! et dangereux ! Comme on s'y noie ! comme il attire ! » écrivait Flaubert à Louis Colet le 14 août 1853, et, le 1er août 1855, à Louis Bouilhet : « "Encore une fois sur les mers", disait Byron. "Encore une fois dans l'encre, puis-je dire". » À ces appareillages, difficiles et souvent douloureux, de Flaubert se mettant au travail, s'oppose celui de Frédéric sur les eaux claires de la Seine. D'un bout à l'autre du roman, il se laissera glisser et peut-être dériver le long du fleuve.

Ses projets artistiques ne sont pas, au départ, nettement définis. S'il incline à écrire des vers, il lui arrive de croire la musique « seule capable d'exprimer ses troubles intérieurs », à moins que, plutôt sensible à « la surface des choses », il ne soit tenté par la peinture (p. 33). Ces hésitations ne sont pas de bon augure : également respectueux de tous les arts, Flaubert n'a jamais douté qu'il serait écrivain. Une vocation artistique se dessine en effet très vite par l'attachement à une forme. Et, de préférence à la poésie où se réfugiait l'inspiration facile des pseudo-romantiques, la prose s'est imposée à l'exigence de Flaubert comme un instrument de conquête du langage. Du moment où Frédéric a cessé d'écrire des vers (en a-t-il seulement écrit ?), il bascule, conformément à son tempérament, au bord opposé : l'écriture érudite de l'Histoire. Son ardeur gloutonne à composer une *Histoire de la Renaissance* préfigure celle de Bouvard et de Pécuchet : « Il entassa pêle-mêle sur sa table les humanistes, les philosophes et les poètes ; il allait au cabinet des estampes, voir les gravures de Marc-Antoine ; il tâchait d'entendre Machiavel » (p. 208-209). L'*Histoire* ne sera jamais écrite ; sera-t-elle seulement commencée ?

Les raisons de l'échec artistique de Frédéric sont analogues à celles de son échec amoureux. Il faut, pour saisir un objet, mesurer la distance qui nous en sépare. Fusionnant d'emblée avec ses rêves, Frédéric laisse sa volonté se dissoudre dans son désir. La fréquentation de *L'Art industriel* flatte ses penchants tout en l'égarant, car il s'imagine qu'à causer avec des artistes, à manier des estampes, à humer l'atmosphère d'un lieu à la mode, il deviendra lui-même artiste par imprégnation. « La contemplation de cette femme l'énervait », lit-on à propos de sa grande passion (p. 87) ; de même le spectacle des milieux artistiques a-t-il pour effet de l'« énerver », au sens premier du terme, c'est-à-dire de le priver de ce ressort sans lequel il n'est pas de grande conquête ni de vraie création. On a vu comment sa vision d'un paysage de la Seine portait à elle seule sa volonté d'être peintre. « Le lendemain, avant midi, il s'était acheté une boîte de couleurs, des pinceaux, un chevalet » (p. 69). Ce velléitaire, on le constate à nouveau, est capable de brusques résolutions. Mais ses aspirations idéales ont toujours quelque chose à voir avec la matière : comme s'il suffisait de se rendre chez le marchand pour devenir peintre... Sans doute faut-il disposer de matériel pour produire un tableau (l'écrivain est mieux à l'abri de ce genre de confusion), mais Flaubert accentue à plaisir, comme quand il est question d'amour, l'attachement de son héros aux objets. Plus important est de choisir un maître pour prendre des leçons. Malheureusement, la première visite de Pellerin au domicile de Frédéric, compliquée par l'arrivée de Deslauriers et de Sénécal, débouche non sur une leçon de peinture, mais, selon l'habituel travers de la « génération », sur une discussion théorique et oiseuse (p. 69 et suiv.). L'abandon par Frédéric de ses ambitions d'écrivain, puis de peintre, puis d'historien ne sera pas signalé dans le récit. Négligence du romancier ? Il va de soi, plutôt, que ces projets se sont effilochés.

« Elle s'était acheté un buvard, une papeterie, un porte-plume et des enveloppes, quoiqu'elle n'eût personne à qui écrire », écrivait Flaubert d'Emma Bovary (*Madame Bovary*, Ire partie, chap. IX). La présence d'un piano dans sa maison suffit à justifier ses velléités de faire de la musique. Quant aux résolutions non suivies d'effets, le dernier roman en offre la caricature : « Ils se sacrèrent artistes », y dit-on des deux copistes (*Bouvard et Pécuchet*, chap. V).

Son incapacité à se changer en créateur est doublement illustrée par sa promenade nocturne au bord de la Seine (p. 68-69). S'il est vrai que sa vision du paysage ressemble en cet instant à celle d'un peintre (mais reste à *peindre* le tableau !), l'explication fournie à cette soudaine vocation (« car les exigences de ce métier le rapprocheraient de Mme Arnoux ») dévaste toute illusion sur la pureté de ses motivations artistiques. La conclusion du chapitre est encore plus ravageuse : « Son visage s'offrait à lui dans la glace. Il se trouva beau ; — et resta une minute à se regarder » (p. 69). La série fréquente chez Flaubert (; — et) confère ici au tiret, comme souvent, le rôle d'un tremplin vers une élévation finale, en général ironique. Ainsi ce passage où se décide la vocation de Frédéric se conclut-il en apothéose par une contemplation narcissique. Le plus beau tableau que le jeune homme puisse composer est celui qui se donne à voir dans un miroir ; — et celui-là, au moins, ne lui coûtera aucun effort.

À supposer que Frédéric eût vraiment suivi ses leçons, Pellerin n'était pas le meilleur maître qu'il pût choisir. Seule figure d'artiste marquante du roman, il illustre les impasses d'un rejet du réalisme, que Flaubert avait pourtant lui-même en horreur. Son « À bas le Réalisme ! » (p. 433) fait écho au célèbre « en haine du réalisme » du romancier[1]. Mais afficher les mêmes refus ne signifie pas communier dans un même idéal : la lutte systématique contre les opinions dominantes s'apparente, chez Pellerin, à un effet de mode. Car, à l'image de Frédéric s'essayant à l'histoire, ou de Bouvard et Pécuchet plus tard, c'est en lisant des livres qu'il croit trouver la recette du Beau[2]. Comme s'il peinait à inscrire dans le texte les raisons de sa médiocrité (peut-on, par le biais d'une description, signifier qu'un tableau est mauvais ?), Flaubert épingle chez Pellerin un mauvais goût qui se manifeste d'abord dans les rapports sociaux ; on le vérifiera depuis l'« espèce de danse macabre, hideuse fantaisie d'une exécution médiocre » qu'il offre pour sa fête à Mme Arnoux (p. 101) jusqu'au « beau modèle » qu'inspire à sa gourmandise l'enfant mort de Frédéric et de Rosanette (p. 433)[3]. La délicatesse des sentiments personnels serait-elle liée à celle de la

---

1. « C'est en haine du réalisme que j'ai entrepris ce roman », écrivait-il le 30 octobre 1856 à Edma Roger des Genettes à propos de *Madame Bovary*.

2. Sa docilité à la mode et son ignorance du Beau absolu en font un négatif du Frenhofer du *Chef-d'œuvre inconnu*, de Balzac, selon Alison Fairlie (« Pellerin et le thème de l'art », *Europe*, n° spécial *Flaubert*, p. 38-49).

3. Ce motif a été repris par Zola dans *L'Œuvre* (1886) ; c'est Claude Lantier lui-même qui peint le cadavre de l'enfant que Christine lui a donné (fin du chap. IX).

création artistique ? *A contrario*, le roman le donne à croire. Aucune ambiguïté, en revanche, quant au tableau représentant « la République, ou le Progrès, ou la Civilisation, sous la figure de Jésus-Christ conduisant une locomotive, laquelle traversait une forêt vierge » (p. 328). C'est bien en vertu d'un quiproquo que M. Dambreuse et Frédéric y voient une « turpitude », le premier visant « la doctrine glorifiée par le tableau », le second, le tableau lui-même. Mais rien ne filtre sur l'exécution réalisée par le peintre (on peut faire de la « belle peinture » avec des sujets ridicules). Flaubert, il faut s'y résigner, n'est pas un critique d'art : l'usage de l'allégorie au service d'un art engagé est, à ses yeux, un motif suffisant pour condamner une peinture, sans qu'il soit besoin d'interroger l'art des volumes, des ombres ou des coloris. La plupart des personnages étant, à la fin du roman, punis par où ils ont péché, on ne s'étonnera pas de voir Pellerin devenu photographe (p. 456). C'était, après bien des contorsions, accepter la forme la plus dégradée et la plus simpliste du réalisme.

L'expression « *Art industriel* » est pour Flaubert, plus qu'elle ne l'eût été pour Balzac, un oxymore. Avec ses prétentions de collectionneur, qui sont celles d'un brocanteur, et cet esprit mercantile qui guide jusque ses recherches (il croit avoir retrouvé le rouge des Chinois), Jacques Arnoux s'affiche comme le pilote de cette génération qui crée selon la mode, c'est-à-dire en imitant et en fonction du succès. L'impuissance des jeunes gens en matière d'art est à la mesure de ces théories qui font leurs jeux de conversation. À Mme Arnoux, qui a passé sa vie parmi ces artistes qui lui offraient des aquarelles ou des fusains, reviendra, pour finir, la palme de l'ignorance : du portrait de Rosanette, aperçu dans l'appartement de Frédéric, celui-ci peut lui dire sans qu'elle bronche : « C'est une vieille peinture italienne » (p. 452). Il est vrai que l'amour est aveugle.

LA POLITIQUE

Après quelques tribulations, Frédéric réussit à ses examens ! Flaubert le dit si vite (« Frédéric passa la sienne [sa thèse] trois jours après », p. 107) qu'il convenait de le rappeler. Les parents de Gustave, l'« idiot de la famille », auraient été fiers que leur fils décrochât un tel succès. Le diplôme en poche, c'est une carrière politique qui, sous la protection de M. Dambreuse, se dessine à l'horizon de Frédéric. Jamais pourtant il ne parviendra à devenir député. Un échec de plus ? Cette fois, l'échec est bien celui de toute une génération. Car, si Flaubert aurait admis qu'il existât des artistes créateurs, voire quelques amants heureux, la politique ne pouvait, à ses yeux, satisfaire que la quête du lucre ou des honneurs.

Quelle que soit la paresse naturelle de Frédéric, son indifférence aux ouvertures répétées du puissant Dambreuse a de quoi surprendre. Et s'il s'agissait avant tout, pour lui, de ne jamais s'arracher au milieu de *L'Art industriel* où il respire le parfum de sa grande passion ? La révolution de Février l'oblige à prendre parti. Il le fait avec son inconstance habituelle.

L'idéal politique est, comme l'idéal amoureux, illustré dans sa pureté grâce à Dussardier. L'exposé des convictions du jeune ouvrier, nées d'un sentiment de révolte contre l'injustice, ne souffrirait aucune réserve si ne le minait un adverbe du romancier : « Tout le mal répandu sur la terre, il l'attribuait *naïvement* au Pouvoir » (p. 258). Appuyée sur son admiration sans bornes pour Sénécal, qui sera son bourreau, prise à revers lors des journées de Juin, où il sera blessé au service de la Garde nationale, la tirade de Dussardier porte en germe toutes les contradictions que fera éclater la révolution. Dans son opposition au « Pouvoir », Frédéric, lui, ne manifeste pas sa générosité, mais ses aigreurs de caractère (p. 300). Faute d'une ligne directrice, il passera d'un péremptoire : « Je trouve le peuple sublime » (p. 319) au non moins définitif : « Le peuple est mineur, quoi qu'on prétende ! » (p. 400). Son évolution n'est pas exceptionnelle : en février, on chantait « tout va bien ! le peuple triomphe ! les ouvriers et les bourgeois s'embrassent ! » (p. 320) ; après les journées de Juin, le peuple est bon à jeter aux chiens. « Quelle canaille je fais ! » se dit Frédéric quand il admire sa virtuosité à passer de Mme Dambreuse à Rosanette, et inversement. À son libertinage politique, il trouve au contraire de graves raisons, dont il pourrait se dispenser. « L'oscillation du jugement de Frédéric entre deux pôles opposés (entre la République et la réaction, entre le Peuple et les bourgeois) donne au roman un rythme binaire, un mouvement mécanique de balancier, tout à fait opposé à une vision dialectique de l'histoire », écrit Gisèle Séginger [1].

Cette vision non dialectique est celle de Flaubert lui-même. L'échec de la génération de 1848, inscrit comme une fatalité, signifie la vanité, pour ne pas dire l'inexistence de l'Histoire. « Dieu sait le commencement et la fin ; l'homme, le milieu », écrivait-il à Louise Colet le 27 mars 1852. Les révolutions ont un caractère d'autant moins dialectique qu'elles répètent, par un cérémonial obligé, ce qu'ont fait les révolutions précédentes. Visant en priorité à l'originalité dans l'art, Flaubert ne pouvait qu'être consterné par cette inaptitude des révolutionnaires à *inventer* du nouveau. « Un nouveau 89 se prépare ! » annonce Deslauriers dès le début (p. 34). Après Février 1848, on plante des arbres de la Liberté, comme au temps de la grande Révolution (p. 322-323). Quand il imagine qu'il jouera un rôle dans les événements, Frédéric voit « les grandes figures de la Convention » passer

[1] *Flaubert. Une poétique de l'histoire*, p. 53.

devant ses yeux (p. 326), et un obscur citoyen voudrait qu'on élevât « un monument à la mémoire des martyrs de thermidor » (p. 332). Cette imitation n'a même pas l'excuse d'être inconsciente, puisqu'elle est solennisée en commémoration. Elle s'étend du reste à tous les domaines de l'activité. « On imitera *les Treize* de Balzac » : voilà ce que se disaient Frédéric et Deslauriers quand ils étaient tout jeunes (p. 176), et en le rappelant à son ami, Deslauriers célèbre comme le bon temps celui où ils se donnaient des modèles.

À le lire sans préjugé, on trouve Flaubert sans indulgence pour ceux qui abusent de leur pouvoir : depuis le pauvre nègre qui, dans le roman de 1845, est chassé du pied par le capitaine du bateau sous prétexte qu'il gêne le passage des dames[1], jusqu'à l'affamé qui, dans la version de 1869, reçoit en plein visage un coup de fusil du père Roque, l'œuvre de Flaubert abonde en victimes de la société. Mais une addition de compassions individuelles ne compose pas un sens social. « 89 a démoli la royauté et la noblesse, 48 la bourgeoisie et 51 *le peuple*. Il n'y a plus *rien*, qu'une tourbe canaille et imbécile » (à Louise Colet, 22 septembre 1853). *L'Éducation sentimentale* prouve que le « peuple » n'a pas eu besoin du coup d'État du 2 Décembre pour être réduit à une « tourbe ».

Nuisible à ses idéaux amoureux et artistiques, la versatilité de Frédéric devrait

---

[1] Voir *supra*, p. 41.

le servir en une période qui couronne les caméléons ; mais son goût de la distinction et une lucidité légèrement supérieure à la moyenne lui ont fait comprendre qu'il ne pouvait, plus que le temps d'une phrase, tenir son rôle parmi des tribuns. D'emblée isolé, sur *La Ville-de-Montereau*, à l'écart d'une foule aux appétits grossiers, tel il se retrouve du moment où les discours de salon prennent vocation à être mis au service du peuple. À sa manière, évidemment singulière, Frédéric participe à un naufrage général, si l'on tient pour négligeables les Martinon qui choisissent la ligne droite à seule fin de faire carrière. Ceux qui ont cru que les événements de juin 1848 et le coup d'État privaient le peuple d'une aspiration légitime en ont retiré un sentiment de frustration et peut-être de revanche ; ceux qui, comme Flaubert, ont mesuré les dégâts causés par des chimères ont sombré dans la mélancolie [1], c'est-à-dire dans ce détachement morose où aboutit l'esprit scientifique qui, refusant la « sympathie » comme valeur universelle, présente la société des hommes à la manière de celle des protozoaires.

1. Proche du spleen baudelairien : voir Dossier, p. 176.

L'HEURE DU BILAN

« La bêtise consiste à vouloir conclure » (23 octobre 1863). Frédéric, aussi bien, a laissé sans conclusion son action politique : ses positions étaient trop écartelées entre les extrêmes, trop « sentimentales », pour admettre un dépassement dialectique. Il n'a pas davantage « conclu » sa liaison avec Mme Arnoux : tiraillé entre l'aspiration à l'idéal et la tentation des sens, il était, en ce domaine aussi, incapable d'une « dialectique » qui eût signifié le bonheur. Son existence reflète, en somme, celle de son créateur. Il est vrai que, dans la formule de Flaubert, le refus de conclure concerne l'œuvre d'art. Mais comment un roman proposerait-il une conclusion que la vie ne fournit qu'aux sots ? En fait, l'artiste, même s'il s'inspire du réel, se place au-dessus de ses semblables en le réinventant. Ce monde où les valeurs de l'amour, de la liberté, du progrès ne méritent que dérision inspire à Flaubert autant qu'à son héros une forme de mélancolie. Mais Flaubert a su « écrire » cette mélancolie, alors que Frédéric, fruit sec de sa génération, ne fait rien d'autre, au crépuscule de sa vie, que ressasser ses souvenirs. Le « trottoir roulant » le ramène finalement, ainsi que son ami Deslauriers, au premier épisode marquant de leur adolescence, c'est-à-dire que ce roman en apparence linéaire prend à son dénouement une allure cyclique. Le « C'est ce que nous avons eu de meilleur », qui conclut l'histoire, anéantit tous les événements réels au profit d'un événement virtuel, et privilégie l'époque où aucune illusion n'avait encore été abîmée.

La réunion finale des deux amis résulte d'une nouvelle réconciliation. Les limites chronologiques du roman ont donné à lire les mépris de Frédéric (« C'était l'autre », p. 69, ou « Rien ! un ami », p. 207), autant que les agacements de Deslauriers. L'expression « réconciliés encore une fois » (p. 455) du dernier chapitre laisse supposer qu'ils ont continué de se chamailler pendant la quinzaine d'années que le texte a survolées en quelques lignes. Ainsi forment-ils un couple. Bien que Frédéric ait toujours exercé sur Deslauriers « un charme presque féminin » (p. 270), on exclura le soupçon, plausible à propos de Bouvard et Pécuchet, que ce couple soit plus que simplement amical. Mais le dernier roman inachevé de Flaubert éclaire d'une autre façon la fin de *L'Éducation sentimentale*. En s'« agglomérant », les deux « monades » font plus qu'additionner leur niaiserie : ils la rendent infinie du moment qu'ils s'en renvoient l'écho. Les deux dernières répliques, où le « Oui, peut-être bien ? » de Deslauriers s'infléchit franchement vers le comique si on le lit comme un équivalent de « Je dirai même plus », peuvent être indéfiniment dupliquées du moment que les deux amis se réfugient dans leur mémoire. À l'image de Bouvard et de Pécuchet, qui achèvent leur existence en retournant à leur vocation de copistes (ce qu'ils ont eu de meilleur ?), Frédéric et Deslauriers reviennent à leur adolescence en reproduisant un vieux stéréotype. Écrite dans un cas, orale dans l'autre, la copie a vocation à être toujours recommencée.

Ce stéréotype est celui de femmes offertes à la convoitise publique. L'une d'elles, baptisée « la Turque », promettait cette magie de l'Orient que leur faisaient miroiter les livres romantiques[1]. Son surnom lui venant de son patronyme, « Turc », elle n'était assurément pas plus orientale que Mme Arnoux n'était créole. Ainsi, ce qu'ils ont eu de meilleur était-il un mensonge. Mais ils avaient l'âge où il est permis de croire aux illusions puisqu'on peut, sans trop de ridicule, s'abstenir de les vérifier.

Ce dénouement laisse subsister une dernière obscurité. L'observation du romancier : « Frédéric avait l'argent, Deslauriers fut bien obligé de le suivre » (p. 459) se lit comme une préfiguration (rétrospective) du rapport qui a uni les deux amis durant toute leur existence. Évoquant la scène, au tout début du roman, en des termes qui la rendaient pour le lecteur aussi énigmatique que la « tête de veau », Deslauriers en avait toutefois donné une interprétation légèrement différente : « Vénus, reine des cieux, serviteur ! Mais la Pénurie est la mère de la Sagesse. Nous a-t-on assez calomniés pour ça, miséricorde ! » (p. 36). Frédéric aurait-il donc fait croire à Deslauriers, pour excuser sa timidité à aller de l'avant, qu'il *n'avait pas* d'argent ? On n'en finit

---

1. Le fantasme de la Turquie parcourt le roman. Frédéric prévoit, quand il aura épousé Mme Dambreuse, d'organiser dans le bas de l'hôtel « une salle de bains turcs » (p. 409). Pour lui, décidément, Constantinople vaut mieux qu'Yvetot.

pas d'explorer les petits mystères de *L'Éducation sentimentale*.

UNE MODERNITÉ TEMPÉRÉE

« Je suis étonné par tant de haine et de mauvaise foi », confie Flaubert à George Sand le 3 décembre 1869, quelques jours après la publication de son roman. Unanime, ou presque, la critique lui a été d'emblée défavorable. Doit-il s'en étonner, vraiment ? Une « conception vicieuse et même impossible », des « fonds » qui emportent les « premiers plans »... Ce ne sont pas des plumitifs haineux qui ont ainsi jugé *L'Éducation sentimentale*, mais Flaubert lui-même, quelques mois à peine avant d'avoir achevé sa besogne. Il est assez lucide pour deviner combien cette construction molle soutenue par un héros médiocre déplaira aux tenants du réalisme comme à ceux de l'idéalisme. Les premiers lui ont déjà dit son fait à propos de *Madame Bovary* : il faut éviter, quand on veut peindre le réel, de se perdre dans les détails ; trop de description tue l'effet descriptif ; choisis dans des milieux ordinaires, les personnages doivent intéresser le lecteur par de vraies souffrances et des aspirations émouvantes. Flaubert a-t-il eu plutôt l'intention, cette fois, de faire comprendre, en profondeur, la vie d'une génération ? Avec son expérience des mécanismes sociaux et sa puissance d'expression, Balzac restait indépassable. Les seconds peuvent au moins concéder à Flaubert que la forme, chez lui, s'allie plus que jamais au fond : à société dégénérée, forme déliquescente. Mais la littérature n'a pas mission, à leurs yeux, d'épouser le mouvement descendant du genre humain. Le rejet exprimé par Barbey d'Aurevilly est, sinon exemplaire (peu de critiques myopes furent doués d'un tel génie poétique), du moins significatif[1]. Jugeant le roman « ignoble et inepte[2] », Gobineau, qui avait jadis consacré Balzac comme le romancier par excellence, va plus vite encore à l'essentiel : les vertus morales sont indissociables, décidément, de celles de l'esprit.

Il n'est pas sûr que les premiers amateurs de *L'Éducation sentimentale* en aient perçu, pour la plupart, la vraie nouveauté. Théodore de Banville trouvera des mots justes, à la mort de Flaubert, pour évoquer ce « roman *non romancé*, triste, indécis, mystérieux comme la vie elle-même, et se contentant comme elle de dénouements d'autant plus terribles qu'ils ne sont pas dramatiques[3] », mais les paroles encourageantes que Flaubert reçoit de George Sand, de Hugo ou de Taine sont plus sympathiques qu'argumentées. Zola mérite une mention spéciale. Le compte rendu qu'il consacre à

---

1. Voir Dossier, p. 169.
2. Gobineau, *Lettres brésiliennes (1869-1870)*, « Les Bibliophiles de l'Originale », 1969, p. 213.

3. Cité dans l'édition du roman donnée par R. Dumesnil, p. cxxi-cxxii.

> 1. Il ne le reprendra pas dans ses recueils ultérieurs. On peut le lire dans É. Zola, *Écrits sur le roman*, édition établie par H. Mitterand, Le Livre de poche, 2004, p. 117-123.

> 2. Voir *ibid.*, p. 148.

> 3. À propos de l'influence de Flaubert sur Zola, voir J. Noiray, « *Pot-Bouille* ou *L'Éducation sentimentale* d'É. Zola », *Les Cahiers naturalistes*, n° 69, 1995.

L'Éducation sentimentale dans *La Tribune* du 28 novembre 1869 [1] analyse lumineusement le double aspect du génie de Flaubert, « un poète analyste », un « lyrique » capable de « piquer dans un cadre les insectes humains ». Mais il le justifie de cet abus du paysage qu'on avait déjà reproché à *Madame Bovary* en adoptant un point de vue « naturaliste » : « Si l'on veut connaître un homme, il faut le montrer dans l'air qu'il respire. Les milieux font les êtres, les choses ajoutent à la vie humaine. » Or, les paysages ne sont pas, dans *L'Éducation sentimentale*, « ajoutés » aux hommes pour mieux les expliquer, ils deviennent la matière même de leur être. Le malentendu sera plus net encore quand Zola consacrera *Madame Bovary*, en 1875, comme le « type » du « roman naturaliste [2] ». « Quand il m'aura donné la définition du Naturalisme, je serai peut-être un Naturaliste. Mais d'ici là, moi pas comprendre », écrit Flaubert à Maupassant le 25 avril 1879 [3].

Il faut attendre Proust, qui n'était pourtant pas un admirateur inconditionnel de Flaubert, pour que soit entrevue la modernité de *L'Éducation sentimentale*. Le héros d'*À la recherche du temps perdu* suit du reste un parcours comparable à celui de Frédéric Moreau, à cette différence notable que, après une existence semée d'échecs et d'occupations frivoles, il ne s'enlise pas dans la nostalgie, mais découvre, dans sa mémoire intime, la clef d'un pouvoir créateur qui fuira toujours le héros de Flaubert. « Cette œuvre dans laquelle il n'y a peut-être pas une seule belle métaphore » : nous avons tenté d'expliquer ce brutal jugement de Proust sur l'*ensemble* de l'œuvre de Flaubert[1]. Ajoutons à notre analyse que, puisque le principe de la métaphore, encore ignoré par Proust à l'époque de *Jean Santeuil*, s'impose dans la *Recherche*, à la fois pour le romancier et pour son héros, comme la plus haute expression de l'art, il était logique que Flaubert, épousant jusque dans la forme de son roman l'échec de son héros, n'ait point tenté d'y recourir. Au crédit de Flaubert, Proust porte toutefois la qualité d'un style qui, au lieu d'orner l'expression, s'identifie tout entier à la matière et aux sentiments qu'il exprime.

La voie était ouverte pour que *L'Éducation sentimentale* soit couronnée comme la plus haute réalisation du roman de l'échec. L'attention du critique (dans le meilleur cas, du lecteur) se portera vers une forme dont les réussites sont incontestables puisque les exploits du héros, qui faisaient l'ordinaire des consommateurs de romans, y sont réduits au néant ou tournés en dérision. De même le génie d'un peintre a-t-il plus de chances de ressortir d'une nature morte que d'une scène de bataille, où la noblesse du sujet risque toujours de contaminer la beauté de l'exécution. En montrant comment le temps, traditionnellement utilisé comme un instrument de l'action romanesque,

---

[1] Voir *supra*, p. 69.

est devenu avec Flaubert le sujet principal du roman, Georges Lukács a, le premier sans doute, formulé la vraie modernité de *L'Éducation sentimentale*[1]. Mettre l'accent sur le temps, qui est comme chacun sait une forme vide, c'était orienter la critique vers les symboles de son écoulement (la Seine...), sa monotonie ou ses raccourcis (Proust s'était extasié sur le plus fameux), son expression grammaticale (cet « éternel imparfait » relevé aussi par Proust dans son article), voire justifier l'importance des descriptions, du moment que, dans la conscience de Frédéric Moreau, le défilé des paysages se substitue à l'enchaînement des résolutions. Flaubert avait déclaré que lorsqu'il composait un roman, il recherchait en priorité une couleur (« couleur de moisissure de l'existence des cloportes » pour *Madame Bovary*, « couleur pourpre » pour *Salammbô*), le sujet ne venant qu'ensuite. Moins qu'une couleur, la critique recherchera dans *L'Éducation sentimentale* un rythme qui a pu modeler, dans l'esprit du romancier, le caractère de ses personnages et l'allure de l'intrigue. De même, encore, valorise-t-on les peintres modernes en étudiant leur traitement de l'espace de préférence aux figures et aux objets qui y sont contenus.

L'analyse de G. Lukács situait ainsi le roman de Flaubert aux antipodes de ceux de Balzac, avec lesquels la critique contemporaine s'était entêtée à marquer des rapprochements. Et l'on rappelait à

[1] Voir Dossier, p. 172.

l'envi l'ambition avouée par Flaubert dans une lettre à Louise Colet du 16 janvier 1852 : « Ce qui me semble beau, ce que je voudrais faire, c'est un livre sur rien, un livre sans attache extérieure, qui se tiendrait de lui-même par la force interne de son style, comme la terre sans être soutenue se tient en l'air, un livre qui n'aurait presque pas de sujet ou du moins où le sujet serait presque invisible, si cela se peut. » Formulé à l'époque de la composition de *Madame Bovary*, qui se révéla riche en événements et en effets dramatiques, le projet a souvent paru s'appliquer avec plus de pertinence à *L'Éducation sentimentale*. De prime abord, cette application heurte pourtant le bon sens. Une vie emplie par une grande passion, agrémentée de maîtresses convoitées, secouée par des revers et des retours de fortune, traversée d'événements politiques majeurs, serait-ce donc ce « rien » qu'entendait Flaubert ? Il se passe plus de choses dans *L'Éducation sentimentale* que dans *Volupté* ou dans *Le Lys dans la vallée*, et, à le comparer à certaines figures romanesques de la génération suivante (celles d'*À rebours*, de Huysmans, ou de *Sixtine*, de Remy de Gourmont), Frédéric Moreau fait presque l'effet d'un héros d'Alexandre Dumas. L'idéal littéraire de Flaubert s'éclaire mieux si l'on place *L'Éducation sentimentale* sur un trajet dont *Bouvard et Pécuchet* offre l'aboutissement. Les événements, dans le dernier roman, se multiplient, pour le coup, à raison d'environ sept ou huit par chapitre. Le « rien » de *L'Éducation sentimentale* et, plus encore, de *Bouvard et Pécuchet* ne réside donc pas dans le contenu de l'intrigue, mais dans la vanité des lectures, des apprentissages, des ambitions ou des passions de ceux qui y participent. En somme, que Flaubert soit contraint, en raison de la date où se joue la destinée de Frédéric Moreau, d'y intégrer des bouleversements historiques ne contrarie pas son projet esthétique, au contraire : la disproportion visible entre la gesticulation du héros et le creux de son existence ouvre un gouffre de vacuité. Pour preuve, après avoir épargné toute préoccupation politique aux Yonvillais de *Madame Bovary*, il progresse vers le « rien », dans *Bouvard et Pécuchet*, en faisant résonner tout Chavignolles des minuscules épisodes de la révolution de février 1848.

C'est parce qu'il édifie le « rien » à coup d'événements que Flaubert est encore si éloigné des expériences du « nouveau roman », dont on l'a souvent institué le précurseur. Son art, tourné vers la production de l'illusion, s'oppose évidemment aux tentatives de ceux qui voudront réduire le texte romanesque à un réseau de signes coupés du référent. Mais même quand l'univers des « nouveaux romanciers » est habité par un événement historique majeur (la Seconde Guerre mondiale chez Claude Simon), celui-ci tend à se dissoudre dans les fantasmes d'une conscience d'abord préoccupée par les jeux de l'écriture. Sans doute la nonchalance de Frédéric Moreau prépare-t-elle, mieux que l'activité productive de Rastignac, à une vision du monde où les phénomènes, frappés de vanité, deviendront des objets d'esthétique ; et l'ambiguïté qui fond, grâce au style indirect libre, la pensée du romancier et celle de son héros préfigure l'avènement de cette « conscience narrative » qui, dans les années 1950, tendra à se substituer au traditionnel « personnage » de roman. Mais Flaubert veut, avant tout, exprimer le rapport de la psychologie de son héros et de sa génération avec leur époque. Maxime Du Camp prétend qu'après la Commune, devant les Tuileries incendiées, il lui aurait dit : « Si l'on avait compris *L'Éducation sentimentale*, rien de tout cela ne serait arrivé [1]. » Flaubert écrivait en des temps très anciens où l'on s'imaginait que la lecture d'un roman pouvait changer la face du monde.

1. M. Du Camp, *Souvenirs littéraires,* Aubier, 1994, p. 583.

DOSSIER

I. REPÈRES CHRONOLOGIQUES

Nous présentons indistinctement dans ce tableau les événements purement fictifs et les événements historiques auxquels le roman fait référence. Sont indiqués entre parenthèses le livre et le chapitre donnant ou permettant de préciser la date de l'événement.

1819   Naissance de Charles Deslauriers (I, 2).

1822   Naissance de Frédéric Moreau (I, 1).

1833   Frédéric et Deslauriers étudient au collège de Sens (I, 2).

1837   Frédéric présente Deslauriers à sa mère (I, 2).

1838   Deslauriers part étudier le droit à Paris (I, 2).

1840   15 septembre : Frédéric, de retour du Havre, s'embarque à Paris pour Nogent-sur-Seine (I, 1).

1840   15 novembre : De retour à Paris, il s'installe rue Saint-Hyacinthe et rend visite à M. Dambreuse (I, 3).

1841   Octobre : Il prend un logement quai Napoléon (I, 3).
Décembre : Manifestations au Quartier latin. Rencontre de Hussonnet et de Dussardier (I, 4).

1842   Février : Frédéric fréquente *L'Art industriel*, puis est invité à dîner chez les Arnoux (I, 4).
Août : Il échoue à son deuxième examen de droit (I, 4).
Décembre : Il est reçu, cette fois, à son examen (I, 4).

1843   24 mai : Fête de Mme Arnoux à Saint-Cloud (I, 5).

Août. Frédéric est reçu à son troisième examen de droit (I, 5).
Septembre : Il retourne à Nogent où il retrouve la petite Louise Roque et apprend qu'il est ruiné (I, 5 et 6).

1845 Décembre : Annonce de l'héritage et retour à Paris (I, 6 et II, 1).

1846 Janvier : Soirée chez Rosanette (II, 1).
Printemps : Frédéric s'installe rue Rumfort (II, 2).

1847 Février : Il promet à Dussardier et à Hussonnet de leur donner 15 000 francs pour fonder un journal (II, 2).
Mars : Il donne à Arnoux les 15 000 francs promis aux autres (II, 3).
Avril : Mme Arnoux lui rend visite à son domicile. Il va la retrouver dans la faïencerie de Creil. Il se rend aux courses en compagnie de Rosanette (II, 3).
Mai : Duel avec Cisy (II, 4).
Juin : Il fréquente les Dambreuse, chez qui il tient des propos révolutionnaires (II, 4).
Juillet : Sa fortune baisse à la suite de mauvaises spéculations boursières. Séjour à Nogent (II, 4).
Août : Visite de Deslauriers à Mme Arnoux. Retour de Frédéric à Paris. Mme Arnoux lui témoigne de la froideur (II, 5 et 6).
Septembre : Visites de Frédéric à Mme Arnoux dans sa maison d'Auteuil (II, 6).

1848 22 février : Rendez-vous manqué de la rue Tronchet. Début de la révolution et première nuit de Frédéric avec Rosanette (II, 6).
24 février : Il assiste au sac des appartements des Tuileries (III, 1).

Mars : Sa résolution d'être candidat à la députation. Il se fait expulser du *Club de l'Intelligence* (III, 1).
Avril-juin : Il sert dans la Garde nationale (III, 1).
20 juin : Il part pour Fontainebleau avec Rosanette (III, 1).
25 juin : Apprenant que Dussardier a été blessé au cours des émeutes de Juin, il décide de rentrer à Paris (III, 1).
26 juin : Le père Roque tue un prisonnier qui lui réclame du pain (III, 1).
Juillet : Dîner chez les Dambreuse. Jalousie de Louise Roque (III, 2).
Août : Frédéric et Rosanette reprennent leur liaison (III, 3).

1850 Printemps : Rosanette est enceinte (III, 3).
Juin : Frédéric devient l'amant de Mme Dambreuse (III, 3).
Été : Il prépare, sous l'égide de M. Dambreuse, sa présentation aux prochaines élections législatives (III, 4).

1851 12 février : Mort de M. Dambreuse.
Février : Mme Dambreuse demande à Frédéric de l'épouser et encourage sa candidature à la députation. Rosanette met son enfant au monde (III, 4).
Octobre : Mort de l'enfant. Arnoux, ruiné, a quitté la France avec sa femme (III, 4 et 5).
1er décembre : Vente aux enchères du mobilier de Mme Arnoux (III, 5).
2 décembre : Coup d'État de Louis-Napoléon Bonaparte, préludant au rétablissement de l'Empire (III, 5).
4 décembre : Aller-retour de Frédéric entre Paris et Nogent. Il voit, à Nogent, Louis Roque en mariée au bras de Deslauriers et, à Paris, Dussardier tué par Sénécal (III, 5).

1867 Mars : Mme Arnoux rend une dernière visite à Frédéric (III, 6).

1868 ou 1869 Hiver : Frédéric et Deslauriers ressassent leurs vieux souvenirs (III, 7).

II. LECTURES DU ROMAN

L'ÉCOLE DE LA « VULGARITÉ » (JULES BARBEY D'AUREVILLY)

« Un de ces romans, comme tout le monde, sans être romancier, en a un ou plusieurs dans le sac de sa vie » : ainsi Barbey d'Aurevilly avait-il jugé *Madame Bovary*. Du moins Flaubert était-il, à ses yeux, « de la véritable race des romanciers », et un bel avenir lui était réservé à condition qu'il ne se perde pas dans les « petites choses ». En 1869, Barbey d'Aurevilly déchante : « L'auteur de *L'Éducation sentimentale* doit avoir pour les œuvres qui sortent si lentement et si péniblement de lui, cette maternité idolâtre qu'augmentent encore la durée et la difficulté de la gestation chez les mères », ironise-t-il vers le début du compte rendu paru dans *Le Constitutionnel* du 19 novembre 1869, deux jours à peine après la mise en vente du roman. Le jaugeant à l'aune du « réalisme », Barbey d'Aurevilly commet au moins une erreur dans son article : celle de croire Flaubert inféodé à une « école ».

[...] Le caractère principal du roman, si malheureusement nommé de ce titre abstrait, pédagogique et pédant : *L'Éducation sentimentale*, est avant tout la vulgarité, la vulgarité prise dans le ruisseau, où elle se tient, et sous les pieds de tout le monde. Le médiocre jeune homme dont ce livre est l'histoire, est vulgaire, — et tout, autour de lui, l'est comme lui : amis, maîtresses, société, sentiment, passion, — est de la plus navrante vulgarité. A-t-on vraiment besoin d'écrire des livres à prétention sur ces gens-là ? Je sais bien que les Réalistes, dont M. Flaubert est la main droite, disent que le grand mérite de M. Flaubert est de *faire vulgaire*, puisque la

J. Barbey d'Aurevilly, *Le XIXe siècle. Les Œuvres et les hommes*, Mercure de France, t. II, 1966, p. 158-160.

vulgarité existe. Mais c'est à l'erreur du Réalisme, de cette vile école, que de prendre perpétuellement l'*exactitude dans le rendu* pour le but de l'art, qui ne doit en avoir qu'un, la Beauté, avec tous ses genres de beauté. Or, la vulgarité n'est jamais belle et la manière dont on la peint ne l'ennoblissant point, ne peut pas l'embellir. Selon nous, il y a dans le monde assez d'âmes vulgaires, d'esprits vulgaires, de choses vulgaires, sans encore augmenter le nombre submergeant de ces écœurantes vulgarités. Mais telle n'est point l'opinion de M. Flaubert et de son école. C'est cette école qui rit grossièrement de l'idéal en toutes choses, aussi bien en morale qu'en esthétique. C'est cette école qui ne veut de *sursum corda* ni en art, ni en littérature. C'est elle qui est en train de nier l'héroïsme et les héros, posant en principe, par la plume de tous ses petits polissons, « qu'il n'y a plus de héros dans l'humanité », et que tous les lâches et les plats de la médiocrité les valent et sont même mille fois plus intéressants qu'eux. M. Flaubert n'a pas manqué à son école. C'est un de ces plats de la médiocrité qu'il a choisi pour son *héros.*

Il l'a appelé Moreau, et je m'en étonne : Moreau, c'est le nom d'un héros et d'un poète. Dans sa haine pour l'héroïsme et dans son amour pour la vulgarité, il n'aurait pas dû donner au drôle de son livre un nom porté par ce qu'il y a de plus beau parmi les hommes, un poète et un héros[1] ! Il devait l'appeler quelque chose comme Citrouillard, par exemple, car il y a de la citrouille dans ce monsieur. Le Frédéric Moreau sur qui M. Flaubert a eu la bonté d'écrire un roman, et un roman de deux volumes, n'a pas même d'histoire. Réellement, ce

---

1. Hégésippe Moreau (1810-1838), auteur d'un recueil intitulé *Myosotis*, souvent célébré par Barbey d'Aurevilly.

n'est pas une histoire que les misérables faits de la vie de ce galopin sans esprit et sans caractère, de cette marionnette de l'événement qui le bouscule, et qui vit, ou plutôt végète comme un chou, sous la grêle des faits de chaque jour. Il est bête, en effet, comme un chou grêlé, ce Frédéric Moreau. De quel autre nom appeler un homme qui n'a ni libre arbitre, ni volonté, et qui se laisse manger par toutes les chenilles de la création ? M. Frédéric Moreau voit sur le bateau à vapeur une dame Arnoux, femme d'un sieur Arnoux, mi-bourgeois et artiste, mi-libertin et mi-fripon, et parce que, tempérament et gaucherie modernes, navet des plates-bandes de ce temps, il n'ose pas prendre cette femme qu'il convoite, puisque rien dans ses principes ne lui fait une loi de la respecter, voilà qu'il se roule au bras d'une fille entretenue, évoquant dans les bras de cette fille le souvenir de Mme Arnoux... et je ne veux pas aller plus loin. Vous voyez d'ici la série de lâchetés et de malpropretés par lesquelles va passer ce monsieur jusqu'à la fin du roman. La vie de M. Frédéric Moreau ! Il n'y a pas un étudiant, pas un rapin, pas un garçon apothicaire qui ne la connaisse et qui ne l'ait vécue ! pas une des scènes de cette vie qui n'ait été dix fois, cent fois rencontrée dans des romans, plus ou moins bas, plus ou moins infects ! C'est du Murger sans la grâce pulmonique de Murger, sans la mélancolie d'un être qui doit bientôt mourir. M. Flaubert n'a ni grâce, ni mélancolie : c'est un robuste qui se porte bien. C'est un robuste dans le genre du Courbet des *Baigneuses*, qui se lavent au ruisseau et qui le salissent, avec cette différence, pourtant, que Courbet peint grassement, et que M. Flaubert peint maigre et dur. La manière de M. Courbet est plus large : il procède par plus grands traits ; tandis que M. Flaubert procède par petits, accumulés, surchargés, ténus, n'oubliant rien, et détachant, net, l'ombre d'un ciron sur son grain de poussière. Les gens qui trouvent M. Flaubert un bien grand homme, car il en est qui, sérieusement, le mettent sur la ligne de Balzac, le vantent uniquement pour son style. Or, ce style, c'est la description, une définition infinie, éternelle, atomistique, aveuglante, qui tient toute la place dans son livre et remplace toutes les facultés dans sa tête. [...]

LE TEMPS, PORTEUR DE LA POÉSIE ÉPIQUE (GEORGES LUKÁCS)

Georges Lukács désavoua sa *Théorie du roman*, publiée pour la première fois en 1920, du moment où il se convertit au marxisme-léninisme, ainsi qu'il l'expliqua dans la préface de sa réédition allemande (Budapest, 1962). Son ouvrage n'en reste pas moins une référence, en particulier dans sa typologie des romans, où *L'Éducation sentimentale* est présentée comme le chef-d'œuvre du roman illustrant le « romantisme de la désillusion ».

Dans le romantisme de la désillusion, le temps est un principe de dépravation ; l'essentiel — la poésie — passe nécessairement ; or, c'est le temps qui, en fin de compte, est responsable de cette ruine. C'est pourquoi toute valeur est ici attribuée à ce qui est vaincu, à ce qui, par cela même qu'il dépérit progressivement, garde le caractère de la jeunesse en train de s'étioler, et c'est au temps qu'on réserve toute la brutalité, toute la dureté de ce qui n'a pas d'idées. [...]

Le temps devient ainsi porteur de la haute poésie épique, dans le roman ; il possède dorénavant une existence impitoyable et personne ne peut plus nager à contre-courant de

G. Lukács, *La Théorie du roman*, Gonthier, « Médiations », 1968, p. 121-125.

sa direction univoque, ni davantage en régler le cours imprévu en le soumettant aux digues de l'*a priori*. Mais un sentiment de résignation reste vivace ; il faut bien que tout cela vienne de quelque part et aille quelque part ; la direction peut bien ne trahir aucun sens, elle reste pourtant une direction. Et de cette résignation d'un être devenu adulte procèdent les expériences authentiquement épiques — parce qu'elles donnent naissance à des actes et que des actes les ont elles-mêmes engendrées — de la temporalité : espoir et souvenir. Expériences vécues de la temporalité qui sont aussi des victoires remportées sur le temps : vision synoptique de la vie comme unité écoulée *ante rem* et saisie synoptique de cette vie *post rem*. Et s'il faut renoncer à la naïve et bienheureuse expérience vécue de cette forme *in re* et au temps qui l'engendre, si ces vécus sont condamnés à la subjectivité et à la réflexivité, on ne peut cependant leur dénier le pouvoir de dégager et d'appréhender le sens de la réalité ; dans un monde privé de Dieu, de telles expériences créent entre la vie et l'essence le maximum possible de proximité.

L'Éducation sentimentale de Flaubert repose sur une telle expérience vécue de la temporalité et c'est parce qu'elle y fait défaut, au contraire, parce qu'ils ne saisissent le temps que sous son aspect négatif, que les autres grands romans de la désillusion sont des échecs. Parmi les ouvrages importants de ce type, *L'Éducation sentimentale* est apparemment celui qui manque le plus de composition ; l'auteur ne tente aucun effort pour vaincre, par un processus quelconque, le morcellement de la réalité extérieure en fragments hétérogènes et vermoulus, ni davantage pour suppléer au manque de liaison et de symboles sensibles par une peinture lyrique d'états d'âme : les morceaux du réel restent simplement juxtaposés dans leur dureté, leur incohérence, leur isolement. Et l'auteur ne confère au héros du roman une importance particulière ni en limitant le nombre des protagonistes et en faisant converser rigoureusement toute la composition sur le personnage central, ni en rehaussant sa personnalité afin qu'elle se détache de tous les autres ; la vie de Frédéric Moreau est tout aussi inconsistante que le monde qui l'entoure ; ni dans l'ordre du lyrisme ni sur le plan de la contestation son intériorité ne possède de puissance pathétique capable de faire contrepoids à cette inanité. Et ce livre pourtant, le plus typique de son siècle en ce qui concerne la problématique du roman, est le seul qui, avec son contenu désolant que rien ne vient édulcorer, ait atteint la véritable objectivité épique et, grâce à elle, la positivité et la force affirmatrice d'une forme parfaitement accomplie.

C'est le temps qui est l'instrument de cette victoire. Son cours non entravé et ininterrompu est le principe unificateur qui polit tous les éléments hétérogènes et les relie, par un rapport sans doute irrationnel et inexprimable. C'est lui qui met de l'ordre dans l'imbroglio des personnages et qui leur prête l'apparence d'une réalité organique se développant par ses propres forces : sans aucune signification visible, les personnages surgissent et disparaissent à nouveau, entrent en rapport les uns avec les autres, rompent les liens qu'ils viennent de nouer. Mais dans ce devenir et ce rejet dans le passé, étrangers à tout sens, qui étaient là avant les hommes et qui leur survivront, les personnages ne sont pas simplement insérés. Au-delà des événements et de la psychologie, ce flux du temps confère sa totalité propre à leur existence ; si contingente que soit l'apparition d'une figure d'un point de vue pragmatique et psychologique, elle surgit cependant d'un continu existant et vécu et l'atmosphère qui l'entoure, du fait qu'elle est soutenue par un seul et unique courant de vie, supprime le caractère accidentel de ses expériences vécues et le caractère isolé des événements au sein desquels elle apparaît.

La totalité de vie qui sert de support à tous les hommes devient ainsi quelque chose de dynamique et de vivant : la grande étendue de temps qu'embrasse ce roman, qui articule tous les hommes et les générations et rapporte leurs actions à un complexe historique et social, n'est aucunement un concept abstrait, une unité mentale construite après coup comme l'est celle de la *Comédie humaine* dans son ensemble, mais une réalité qui existe en soi, un continu concret et organique. Cette totalité n'est cependant une véritable image de la vie que dans la mesure où, même à son égard, tout système idéal de valeurs reste régulateur, dans la mesure où l'idée qui lui est immanente n'est autre que celle de son existence propre, de la vie en général. Mais cette idée qui révèle plus brutalement encore le caractère lointain que prennent les vrais systèmes d'idées lorsqu'ils se réduisent en l'homme à de simples idéaux, retire à l'échec de toutes les entreprises son aride désolation ; tout ce qui advient est dénué de sens, incohérent et pénible, mais s'irradie en même temps d'une lumière d'espoir et de souvenir.

L'ÉCHEC DE 1848 (DOLF OEHLER)

Rares sont les comptes rendus de *L'Éducation sentimentale* qui consolent Flaubert de l'éreintement général dont il est victime. « La *Tribune*, le *Pays* et l'*Opi-*

nion Nationale m'ont [...] fort exalté », écrit-il à George Sand le 3 décembre 1869. Une phrase de l'article du *Pays*, paru le 26 novembre, signé de Paul de Léoni retient l'attention : « Les points de contact que nous trouvons à M. Flaubert sont bien moins avec Balzac qu'avec Charles Baudelaire », intuition qui ne s'appuie toutefois que sur de « presque identiques procédés de forme ». Au contraire de Flaubert, Baudelaire s'est engagé en février 1848 (il voulait tuer son beau-père, le général Aupick !), il a collaboré à d'éphémères journaux de l'époque, et on le retrouve dans la rue pendant les journées de Juin. Puis, plus rien. Son désenchantement va bientôt rejoindre la mélancolie de Flaubert : « Le monde va finir », écrira-t-il, vers 1862, en tête d'un passage de *Fusées*, et il projette d'écrire un poème en prose qui s'intitulerait « La fin du monde ».

L'échec de la révolution de 1848, selon Dolf Oehler, a nourri chez Flaubert, Baudelaire, Heine, Herzen, un même sentiment : celui que Baudelaire a célébré sous le nom de « spleen ».

Avec les agressions imprévisibles de son satanisme, Baudelaire vise immédiatement le public, l'« hypocrite lecteur » ; Flaubert, lui, concentre toute sa méchanceté sur ses figures qu'il laisse s'empêtrer dans l'entrelacs de ses intrigues, à telle enseigne que leur faute devient manifeste, ainsi que leur bêtise. Jamais cet art de démasquer son héros avec un raffinement diabolique n'est poussé plus loin que dans la description de l'excursion à Fontainebleau, où se trouvent réunis tous les thèmes essentiels, non seulement pour la partie sur la révolution, mais aussi pour le roman tout entier. Dans une inversion ironique du cours de l'histoire, Flaubert situe en juin, et non en février, l'apogée du sentimental, et en échange il fait de février, au lieu de juin, le mois de l'action

D. Oehler, *Le Spleen contre l'oubli. Juin 1848. Baudelaire, Flaubert, Heine, Herzen*, 1988 ; tr. fr. Payot, 1996, p. 341-343.

révolutionnaire, car il y a description des événements de la *belle* révolution, mais en revanche ceux de la révolution *laide* sont, alternativement, passés sous silence ou évoqués, sans que jamais on voie les insurgés en action. Cette alternance de silence et d'évocation apparaît d'abord au moyen des rêvasseries de ce couple né du hasard, ce couple d'amants datant exactement de la révolution, qui vient justement de partir à temps pour un voyage tardif lui permettant de goûter une sorte de lune de miel et d'oublier que « la lune de miel de la République » est devenue à Paris la risée de tout le monde [1]. Comme le montrent les manuscrits, Flaubert a mis beaucoup de soin à la composition de cette partie sur Juin [...].

Les images isolées ne livrent pas à elles seules la signification de l'ensemble, celle-ci ressort de la totalité de leurs corrélations. Seul un lecteur pressé peut en conclure qu'il y a une exacte correspondance entre la critique de Flaubert à l'égard des républicains de gauche et sa critique de la réaction de la bourgeoisie en 1848, et que la description des journées de Juin est le pendant exact de celle de Février, tout comme le dîner chez les Dambreuse est le pendant de la description du club de l'Intelligence, qui était révolutionnaire. De tels clichés dans l'interprétation proviennent davantage de la lecture des lettres de Flaubert que du roman ; et toute cette lecture « équilibrée » se fonde invariablement sur des passages de la correspondance, comme celui qui est cité jusqu'à saturation, où Flaubert fait de la haine de la bourgeoisie la condition première de la vertu, ajoutant pour explication : « Moi je comprends

---

[1]. C'est le titre du chapitre XXXV de *Mein Leben* de Herzen qui porte sur avril et mai 1848. Cette formule était probablement d'usage courant. (Note de l'Auteur.)

par ce mot de "bourgeois" les bourgeois en blouse comme les bourgeois en redingote. » Mais *L'Éducation sentimentale* est bien plus que la simple illustration de l'une de ces expressions de mauvaise humeur devant la société à laquelle Flaubert a souvent cédé dans ses lettres, et la « haine du bourgeois » dans *L'Éducation* ne se limite pas à des parallélismes un peu gros. Dès les esquisses, l'équilibre de la critique est trompeur ; « les bêtises des républicains » au printemps 1848 ne peuvent être assimilées tout uniment à « la férocité des bourgeois en été, indépendamment du fait que les bourgeois dont Flaubert se moque sont des petits-bourgeois et qu'il ne met qu'exceptionnellement en scène des prolétaires. Pour juger de la critique sociale dans *L'Éducation*, il faut en tout premier lieu voir la description de l'itinéraire de Frédéric et de ses amis. Ce n'est pas le peuple qui, en février, fait l'objet de la description, mais ce jeune bourgeois qui le trouve sublime et dont le compagnon n'est que l'expression vivante de sa propre ambivalence, quand celui-ci note que le peuple souverain sent mauvais et le dégoûte. (Tout comme Heine et Baudelaire, mais sans rien d'un aveu ironique, Flaubert met le doigt sur les ambivalences des gens de culture face au peuple à émanciper, ambivalences qui — il le montre —, si elles demeurent non réfléchies, deviennent fatales pour la révolution[1].) Le roman suit la marche de l'histoire en se mettant sur la trace, comme le ferait un détective, de ceux qui l'ont faite, et comme l'histoire de 1848 n'est qu'accessoirement celle d'une révolution et au

---

1. Cf. le célèbre passage des *Aveux* de Heine : « Je me serais lavé la main si le peuple souverain m'avait honoré de sa poignée de mains » (*Sämtl. Schriften*, vol. VI/I, p. 458) et *Assommons les pauvres !* [Baudelaire, *Petits poèmes en prose*]. (Note de l'Auteur.)

contraire essentiellement celle d'un échec, le peuple n'apparaît sous les regards que là où il croise la route des antihéros bourgeois et petits-bourgeois de 1848.

III. TÉMOINS DE L'HISTOIRE

GUIZOT ET LA RÉVOLUTION DE FÉVRIER 1848

« À bas Guizot », crient, dans le roman, les étudiants qui manifestent au Quartier latin contre le pouvoir (p. 46). Nous sommes en décembre 1841. François Guizot (1787-1874) est alors ministre des Affaires étrangères de Louis-Philippe. Sous ce titre (1840-1847), puis comme président du Conseil (1847-1848), il va demeurer, pendant les huit dernières années de la monarchie de Juillet, le vrai maître du pays. Son refus de procéder aux réformes souhaitées par le peuple et par une partie de la bourgeoisie entraînera la révolution de février 1848 et la chute du régime. Dans des *Mémoires* composés à la fin de sa vie, il a justifié son action politique et diplomatique, et donné un récit de ses dernières heures au pouvoir. Le 22 février est cette journée où Frédéric attend en vain Mme Arnoux sur le trottoir de la rue Tronchet, tout près de l'église de la Madeleine, et où il attribue aux premiers mouvements d'émeute l'absence de la jeune femme au rendez-vous.

Le 22 février fut une journée d'agitation plus que d'action. De part et d'autre, surtout dans les rangs un peu élevés de l'opposition comme au sein du pouvoir, on s'observait, on s'attendait. Le gouvernement voulait éviter toute apparence de provocation et rester dans son attitude légalement défensive. L'opposition était dans une crise de désorganisation ; la retraite de l'opposition monarchique avait en même temps irrité et embarrassé le parti républicain ; ses sociétés secrètes, ses troupes populaires bouillonnaient de colère et d'impatience ; mais,

F. Guizot, *Mémoires pour servir à l'histoire de mon temps*, Robert Laffont, 1971, p. 610-613.

dans son état-major, quelques-uns hésitaient, les uns par crainte de la responsabilité, les autres par doute du succès. Le 21 février, vers le soir, quand l'interdiction du banquet eut été partout déclarée, M. Duchâtel[1], pour en assurer l'efficacité, et sur la proposition du préfet de police, avait ordonné meneurs républicains. [...] Sur plusieurs points et sous plusieurs formes, le désordre ne laissa pas d'être grave dans cette journée ; des rassemblements se formèrent autour de la Madeleine ; les chaises, les baraques, le mobilier du corps de garde de l'allée Marigny furent brisés, entassés et incendiés aux Champs-Élysées ; d'autres corps de garde furent attaqués ; des barricades s'élevèrent dans plusieurs quartiers ; des bandes erraient çà et là ; quelques-unes s'arrêtèrent devant le ministère des Affaires étrangères et la chancellerie poussant des cris menaçants et tentant des violences ; l'une d'elles se porta sur la Chambre des députés ; quelques hommes pénétrèrent même dans la salle, d'où ils furent expulsés à l'instant. La répression fut partout efficace et douce ; les troupes ne firent nul usage de leurs armes ; à leur aspect et sur leurs sommations la foule se dispersait, mais pour se reformer bientôt ou se porter ailleurs. La lutte n'était pas définitivement engagée ; mais la fermentation était profonde, répandue et obstinée. M. Duchâtel trouva la reine alarmée. Toutes les mesures furent prises, tous les ordres donnés, toutes les troupes prêtes, pour que le lendemain la sédition, si elle s'aggravait, fût promptement et fortement réprimée.

La nuit du 22 au 23 février se passa dans le même trouble, sans incidents graves : des bandes continuèrent d'errer, quelquefois agressives et pillardes ; des prisonniers furent ame-

1. Ministre de l'Intérieur.

nés à la préfecture de police. Dès le matin du 23, des rassemblements plus considérables se formèrent dans le faubourg Saint-Antoine ; beaucoup d'ouvriers oisifs parcouraient les rues ; beaucoup de passants s'arrêtaient ; beaucoup d'habitants se tenaient devant leurs portes, la plupart en curieux indifférents ou inquiets, attendant des événements que tous pressentaient, ceux qui les redoutaient comme ceux qui se disposaient à y prendre part.

Vers dix heures le mouvement s'aggrava, en changeant de caractère et d'acteurs. Les meneurs républicains avaient compris que, mises en première ligne, leurs troupes accoutumées et connues servaient mal leur cause ; ils pressèrent leurs alliés momentanés, les réformistes de la garde nationale, d'entrer eux-mêmes en scène sous un drapeau moins suspect. Plusieurs détachements des 7e, 3e, 2e et 10e légions se mirent en marche, les uns dans le faubourg Saint-Antoine, les autres vers la place du Palais-Royal, d'autres vers le bureau du *National*, rue Lepelletier ; d'autres dans le quartier des écoles des faubourgs Saint-Germain et Saint-Jacques, criant partout : *Vive la réforme !* et entrant en relations amicales avec les rassemblements populaires qu'ils rencontraient. Dans l'ensemble de la garde nationale, ces détachements ne formaient qu'une faible minorité ; mais leur hardiesse, la nature de leur cri, le bruit qu'ils faisaient et la faveur qu'ils trouvaient dans les rues intimidaient ou embarrassaient les gardes nationaux, beaucoup plus nombreux, qui ne voulaient ni révolution ni réformes arrachées par l'émeute aux pouvoirs légaux, mais qui hésitaient à entrer en lutte avec l'uniforme de leur corps et le vœu en apparence modéré de leurs camarades.

Guizot expose dans la suite de son récit comment il se rendit chez le roi qui lui annonça qu'il était, à son grand regret, obligé de se séparer de son cabinet, et que son intention était d'appeler le comte Molé à en former un nouveau. Guizot parut ensuite à la Chambre des députés pour faire face aux griefs de l'opposition. Le lendemain, 24 février, Louis-Philippe était contraint d'abdiquer.

TOCQUEVILLE ET LES JOURNÉES DE JUIN

Alexis de Tocqueville (1805-1859) fut surtout connu, de son vivant, pour son ouvrage *De la démocratie en Amérique* (1835 ; 2ᵉ partie, 1840). Aristocrate par tempérament et par tradition, attaché avant toutes choses à la liberté, il s'était montré, à la faveur d'un voyage de plusieurs mois, un observateur attentif et bienveillant des résultats obtenus aux États-Unis grâce à la démocratie. Il accueillit sans déplaisir la chute de la monarchie de Juillet en février 1848, se rallia sans hésitation à la République et fut élu député à l'Assemblée constituante. Partisan d'une répression impitoyable de l'insurrection populaire de Juin, il se retrouva du côté des partisans de l'ordre et fut ministre des Affaires étrangères, dans le second ministère Barrot, du 2 juin au 30 octobre 1849. À la suite du coup d'État du 2 décembre 1851, il se retira définitivement de la vie publique. Ses *Souvenirs* ont été publiés après sa mort, chez Calmann-Lévy, en 1893. Les chapitres IX et X y sont consacrés aux journées de Juin, dont Frédéric, dans le roman de Flaubert, ne reçoit d'abord qu'un lointain écho, dans sa retraite de Fontainebleau. Nous en extrayons la présentation générale des événements, ainsi qu'une petite anecdote révélatrice de l'état d'esprit qui régna pendant ces heures troublées.

Me voici enfin arrivé à cette insurrection de Juin, la plus grande et la plus singulière qui ait eu lieu dans notre histoire et peut-être dans aucune autre : la plus grande, car, pendant quatre jours, plus de cent mille hommes y furent engagés et il y périt [cinq] généraux ; la plus singulière, car les insurgés y combattirent sans cri de guerre, sans chefs, sans drapeaux et pourtant avec un ensemble merveilleux et une expérience militaire qui étonna les plus vieux officiers.

Ce qui la distingua encore parmi tous les événements de ce genre qui se sont succédé depuis soixante ans parmi nous, c'est qu'elle n'eut pas pour but de changer la forme du gouvernement, mais d'altérer l'ordre de la société. Elle ne fut pas, à vrai dire, une lutte politique (dans le sens que nous avions donné jusque-là à ce mot) mais un combat de classe, une sorte de guerre servile. Elle caractérisa la révolution de Février, quant aux faits, de même que les théories socialistes avaient caractérisé celle-ci, quant aux idées ; ou plutôt elle sortit naturellement de ces idées, comme le fils de la mère ; et on ne doit y voir qu'un effort brutal et aveugle, mais puissant des ouvriers pour échapper aux nécessités de leur condition qu'on leur avait dépeinte comme une oppression illégitime et pour s'ouvrir par le fer un chemin vers ce bien-être imaginaire qu'on leur avait montré de loin comme un droit. C'est un mélange de désirs cupides et de théories fausses qui rendit cette insurrection si formidable après l'avoir fait naître. On avait assuré à ces pauvres gens que le bien des riches était en quelque sorte le produit d'un vol fait à eux-mêmes. On leur avait assuré que l'inégalité des fortunes était aussi contraire à la morale et à la société qu'à la nature. Les besoins et les passions aidant, beau-

A. de Tocqueville, *Souvenirs*, édition établie par Luc Monnier, dans *Œuvres complètes*, t. IX, Gallimard, 1964, p. 150-151 et 169-170.

coup l'avaient cru. Cette notion obscure et erronée du droit, qui se mêlait à la force brutale, communiqua à celle-ci une énergie, une ténacité et une puissance qu'elle n'aurait jamais eues seule.

Il faut remarquer encore que cette insurrection terrible ne fut pas l'entreprise d'un certain nombre de conspirateurs, mais le soulèvement de toute une population contre une autre. Les femmes y prirent autant de part que les hommes. Tandis que les premiers combattaient, les autres préparaient et apportaient les munitions ; et, quand on dut enfin se rendre, elles furent les dernières à s'y résoudre.

On peut dire que ces femmes apportaient au combat des passions de ménagères ; elles comptaient sur la victoire pour mettre à l'aise leurs maris, et pour élever leurs enfants. Elles aimaient cette guerre comme elles eussent aimé une loterie.

Quant à la science stratégique que fit voir cette multitude, le naturel belliqueux des Français, la longue expérience des insurrections et surtout l'éducation militaire, que reçoivent tour à tour la plupart des hommes du peuple suffisent pour l'expliquer. La moitié des ouvriers de Paris ont servi dans nos armées et ils reprennent toujours volontiers les armes. Les anciens soldats abondent en général dans les émeutes. Le 24 février, Lamoricière, entouré d'ennemis, dut deux fois la vie à des insurgés, qui avaient combattu sous lui en Afrique, et chez lesquels les souvenirs des camps se trouvèrent plus puissants que la fureur des guerres civiles.

[...]

Nous avions alors pour portier de la maison que nous habitions rue de la Madeleine, un homme fort mal famé dans le quartier, ancien soldat, un peu timbré, ivrogne et grand vaurien, qui passait au cabaret tout le temps qu'il n'employait point à battre sa femme. On peut dire que cet homme était socialiste de naissance ou plutôt de tempérament.

Les premiers succès de l'insurrection l'avaient exalté, et, le matin du jour dont je parle, il avait parcouru les cabarets des environs, et, entre autres méchants propos qu'il y avait tenus, il avait dit qu'il me tuerait le soir quand je reviendrais chez moi, si j'y revenais jamais ; il avait même montré un long couteau dont il comptait se servir. Une pauvre femme, qui l'avait entendu, courut, en grand émoi, avertir Mme de Tocqueville ; celle-ci, avant de quitter Paris, me fit parvenir un billet dans lequel, après m'avoir raconté le fait, elle me priait de ne point rentrer de la soirée, mais d'aller coucher chez mon père, alors absent, et dont la maison était fort proche ; c'est ce que je m'étais bien promis de faire ; mais, quand je quittai, vers minuit, l'Assemblée, je n'eus pas le courage de suivre ce dessein. J'étais épuisé de fatigue et j'ignorais si je trouverais un gîte préparé hors de chez moi. Je croyais peu, d'ailleurs, à l'exécution de ces meurtres annoncés à l'avance et j'éprouvais enfin cette sorte d'insouciance qui suit les émotions prolongées. Je fus donc frapper à ma porte, ayant pris seulement la précaution d'armer les pistolets que, dans ces temps malheureux, il était très ordinaire de porter sur soi. Ce fut mon homme qui vint m'ouvrir, j'entrai, et, comme il fermait derrière moi les verrous avec grand soin, je lui demandai si tous les locataires étaient rentrés. Il me répondit laconiquement qu'ils avaient tous quitté Paris dès le matin et qu'il n'y avait que nous deux dans la maison ; j'aurais préféré un autre tête-à-tête, mais il n'y avait plus moyen de reculer ; je le regardai donc dans le blanc des yeux et lui ordonnai de marcher devant moi en m'éclairant. Arrivé à une porte qui menait dans la cour, il s'arrête et me dit qu'on entend au fond d'une des remises un bruit singulier qui l'inquiète et dont il me prie de venir avec lui chercher la cause ; en disant ces mots, il prend le chemin de la remise. Tout ceci commençait à me paraître fort suspect, mais je pensais, qu'engagé jusque-là, il était plus sûr d'avancer. Je le suivis donc, mais sans perdre un de ses mouvements de vue et bien résolu à le tuer comme un chien au premier signe qui m'annoncerait un mauvais dessein. Nous entendîmes, en effet, le bruit fort étrange dont il m'avait parlé. Il ressemblait au roulement sourd de l'eau ou au bruit lointain d'une voiture, quoiqu'il partît évidemment d'un lieu fort proche ; je n'ai jamais pu savoir quelle en était la cause. Il est vrai que je ne la cherchai pas longtemps. Je rentrai bientôt dans la maison et me fis conduire par mon compagnon jusqu'à mon palier, toujours en le regardant ; je lui dis d'ouvrir ma porte, et, dès qu'elle fut ouverte, je lui pris le flambeau des mains et rentrai chez moi. Ce ne fut que quand il me vit près de disparaître qu'il se détermina à ôter son chapeau et à me saluer. Cet homme avait-il eu, en effet, l'intention de me tuer, et, en me voyant sur mes gardes, et les deux mains dans les poches, a-t-il pensé que j'étais mieux armé que lui et qu'il devait renoncer à son dessein ? J'ai cru alors qu'il n'avait jamais sérieusement conçu celui-ci et je le crois encore. Dans les temps de révolution, on se vante presque autant des crimes prétendus qu'on veut commettre que, dans les temps ordinaires, des bonnes intentions qu'on prétend avoir. J'ai toujours pensé que ce misérable ne fût devenu dangereux que si la fortune du combat avait paru tourner contre nous, mais elle penchait, au contraire, de notre côté, quoique encore indécise, et cela suffisait pour me garantir.

GEORGE SAND ET LE COUP D'ÉTAT

George Sand (1804-1876) s'est passionnée pour les événements politiques qui ont fait suite à la révolution de février 1848 (elle a donné des articles au *Bulletin de la République*, et créé *La Cause du peuple*), mais elle se trouve prise au dépourvue par l'insurrection de Juin. « Je boude le peuple [...]. Les journées de juin 1848 m'ont porté un coup dont je ne suis pas revenue et je suis misanthrope depuis ce temps-là », écrit-elle le 16 septembre 1850 (*Correspondance*, édition établie par G. Lubin, Garnier, t. IX, p. 801-802). Le coup d'État du 2 décembre 1851 et le régime du Second Empire vont l'ouvrir à une plus grande indulgence pour la brutalité populaire : « Quand une classe est réduite au désespoir, c'est toujours la faute des classes qui l'y ont laissée tomber » (*Impressions et souvenirs*, mars 1860, Michel Lévy frères, 1873, p. 18). Il faut, explique-t-elle dans son *Journal*, que « la bourgeoisie ouvre sincèrement les bras au peuple ». « Que le peuple ouvre d'abord sincèrement les bras à la bourgeoisie, dira-t-on. Le peut-il ? ses méfiances ne sont-elles pas fondées ? n'a-t-il pas souffert pour elle et par elle, tout ce qu'un peuple peut souffrir ? » (*Histoire de ma vie*, Gallimard, « Bibliothèque de la Pléiade », t. II, 1971, p. 1215). George Sand ne fait en réalité que tirer, avec retard, les conséquences des terribles journées de Juin : en cette occasion, le peuple et la bourgeoisie, qui depuis 1789 donnaient l'illusion qu'ils menaient un même combat, se sont retrouvés séparés par un ruisseau de sang. Peut-on, le jour où Louis-Napoléon Bonaparte menace les libertés par son coup d'État, attendre du peuple qu'il prête son concours à une bourgeoisie qui retournera ensuite ses armes contre lui ?

7 et 8 [décembre 1851]

Pas de nouvelles de mes amis, rien ! on n'intercepte pas leurs lettres, puisqu'il en arrive d'autres qui donnent des détails sur l'abominable orgie militaire qui a souillé à jamais l'armée française et détruit le dernier prestige attaché à nos armes. Au nom de celui qui porta si haut ce genre de gloire [1], on a commis dans Paris un acte de guerre civile digne des plus odieux jours du moyen âge. Le régime russe est inauguré, et le calme règne à Paris comme à Varsovie. Le journal *La Patrie*, organe du coup d'État, est rédigé en argot de sergents de ville. Il appelle *fouiller les maisons*, violer le domicile des gens étrangers à l'action, insulter les femmes et massacrer les hommes qu'on y trouve. Il dit que nos troupes sont bien contentes d'avoir *frotté* ceux qui les ont désarmés en Février. Le président oublie que sans cette défection des troupes en Février, il serait encore exilé, ou repris pour quelque nouvelle équipée et réincarcéré dans sa prison de Ham. *Frotté !* le mot est heureux, il est gai ! cela vient après l'aveu que de mémoire d'hommes le cœur de Paris n'a présenté un aspect aussi lugubre qu'aujourd'hui, après le récit d'une boucherie effroyable, un détail de femmes fusillées, de citoyens graves et tranquilles tués au milieu de leurs réunions. Ô l'immonde journée ! l'immonde régime que le régime militaire, l'immonde élément que l'action de la soldatesque ! Illusions du peuple dans ces dernières années sur la fraternité du peuple avec l'armée, où êtes-vous ? Je n'y ai jamais cru, moi, depuis les journées de juin 1848 et la campagne de Rome. Je ne m'étonne de rien, mais

G. Sand, *Journal de novembre-décembre 1851*, publié à la suite de *Histoire de ma vie*, édition établie par Georges Lubin, Gallimard, « Bibliothèque de la Pléiade », t. II, 1971, p. 1212-1214.

---

1. Il s'agit de Napoléon Ier, dont le neveu, Louis-Napoléon Bonaparte, utilise la mémoire pour justifier sa forfaiture.

je n'en suis pas moins consternée. On connaît un mal, on sait qu'il est fatal, inévitable, et cependant on garde toujours au dedans de soi une vague et folle espérance de voir la providence le détourner par un miracle. Hélas ! la providence abandonne ceux qui s'abandonnent eux-mêmes. Le jour où le peuple de France n'a pas compris la République, on pouvait s'attendre à le voir châtié par les prétendants.

Ce hideux journal *La Patrie*, fait d'ignobles efforts pour attribuer la résistance civique d'une portion des Parisiens, aux socialistes. Elle [*sic*] avoue pourtant que les *faubourgs* n'ont pas bougé, et que les *ouvriers* n'ont pris aucune part au mouvement. Le pouvoir est fort embarrassé, on le voit, de baptiser ses victimes. Tantôt ce sont les *rouges*, tantôt les *insurgés*, mot lugubrement emprunté aux journées de Cavaignac, tantôt les *émeutiers*, et, en somme, *les ennemis de la famille et de la propriété.* Aussi pour les réprimer, le parti de la famille et de la propriété, représenté par nos *braves troupes*, a violé les femmes et pillé les maisons. On n'ose pas avouer que ce sont des bourgeois mécontents, les uns démocrates, les autres républicains modérés, d'autres orléanistes et légitimistes, la plupart constitutionnels tout simplement, qui ont fait preuve de courage et de désespoir. On ne l'avouera pas. Le fait n'en restera pas moins certain pour moi. La véritable fibre populaire n'a pas tressailli ce jour-là, si ce n'est d'horreur et de pitié ! car il faudrait haïr le peuple s'il s'était réjoui de voir donner une *frottée* aux bourgeois. Mais le peuple pouvait-il, devait-il courir à leur aide, avec la certitude qu'aussitôt, ils se tourneraient contre lui et se réuniraient, pour la plupart, aux soldats pour l'écraser ? Ne l'ont-ils dit pas dit sur tous les tons et avec la plus lugubre crudité de langage depuis 3 ans ? *Tout, plutôt que le peuple. Les cosaques plutôt que la démocratie.* Et vous voulez que le peuple oublie cela. Quelqu'un des *Débats* disait, le 3 décembre, à un de mes amis : *Nous attendons le premier coup de fusil des rouges pour adhérer au coup d'État.*

La garde nationale était mécontente, dit-on, de se voir mise de côté, et il est certain que cette imposante expression de la bourgeoisie a reçu le plus honteux, le plus déshonorant des soufflets. Elle, habituée à intervenir dans toutes les crises sociales des temps modernes, à les résoudre par ses armes ou seulement par son opinion, elle qui conduisait la *ligne* au combat, lui désignant les victimes, ou se plaçant entre elles et l'armée, la voilà pour ainsi dire annulée, dissoute, mise hors de cause, et abandonnée au caprice des généraux de l'armée. Funeste châtiment du parricide de Juin ! elle n'a pas osé se montrer, se protéger elle-même, monter la garde à la porte de sa propre maison. Elle a eu peur du soldat, elle qui avait été brave quelquefois. Elle s'est sentie abandonnée du peuple, se dira-t-elle enfin, cette aveugle et malheureuse bourgeoisie, qu'elle ne peut pas se passer du peuple, qu'elle ne sait pas faire de barricades, qu'elle ne sait pas s'y défendre et qu'elle n'est capable que de se cacher au jour des coups d'État, ou de se faire tuer sans espoir de succès ?

Le divorce est consommé. Il est déplorable mais qui osera dire qu'il est injuste et lâche de la part du peuple ? Puisse cette leçon terrible, affreuse, ouvrir les yeux du *tiers état,* et amener un jour une réconciliation nécessaire. Jusque-là, nous sommes perdus. Le peuple est encore capable de se battre, malgré son abstention actuelle, et encore capable de vaincre l'armée, et la bourgeoisie, quand il se lèvera unanime, furieux et désespéré. Mais que fera-t-il de sa victoire ? Il ne sait pas encore organiser, et d'ailleurs, on ne passe pas du jour au lendemain d'un état social consolidé par les siècles à un état social entièrement nouveau. Il faut des siècles à toute réforme fondamentale. Nulle théorie socialiste ne saurait s'établir sur l'inconnu ; on n'extermine pas une classe comme le tiers état. On ne la paralyse même pas dans son action pour un temps quelconque. Elle agit par l'opinion, par le crédit, par les capitaux cachés, par la trahison et même par le silence et la peur.

George Sand ne connaît pas encore Flaubert à l'époque où elle écrit ces lignes. Les deux écrivains se sont sans doute rencontrés pour la première fois en 1857. La première lettre de Sand à Flaubert que nous ayons conservée est celle du 28 janvier 1863, où elle le complimente pour *Salammbô*. Mais leur amitié débute vraiment en 1866 : en août, George Sand séjourne pendant quelques jours à Croisset, où Flaubert lui lit des pages de *L'Éducation sentimentale*. Quand le roman est publié, en 1869, elle le félicite à nouveau : « C'est un beau livre, de la force des meilleurs Balzac et plus réel, c'est-à-dire plus fidèle à la vérité d'un bout à l'autre » (30 novembre 1869). Peut-être cet éloge est-il un peu convenu ? On doute que son sens social entre en communion avec la vision presque nihiliste de l'histoire et de la politique qu'exprime le roman. Son amitié se manifeste pourtant à nouveau quand Flaubert lui confie son chagrin de voir *L'Éducation sentimentale* aussi maltraitée par la critique : « Tu sembles étonné de la malveillance. Tu es trop naïf. Tu ne sais pas combien ton livre est original, et ce qu'il doit froisser de personnes par la force qu'il contient » (10-11 décembre 1869). Enfin, elle donne à *La Liberté* (22 décembre 1869) un compte

rendu peu convaincant, qui insiste sur les qualités morales plutôt qu'artistiques de l'ouvrage.

Souvent, dans ses lettres, George Sand tentera d'apaiser le désespoir de son « vieux troubadour » et de le convertir à une appréciation plus généreuse des aspirations populaires. Peine perdue : la fureur de Flaubert contre le peuple redouble à la suite de la Commune, qu'il qualifie de « dernière manifestation du Moyen Âge » et qui le fait réitérer : « Je hais la Démocratie (telle du moins qu'on l'entend en France) parce qu'elle s'appuie sur "la morale de l'évangile" qui est l'immoralité même, quoi qu'on dise, c'est-à-dire l'exaltation de la Grâce au détriment de la Justice, la négation du Droit, en un mot : l'anti-sociabilité » (30 avril 1871). On ne pouvait prendre plus à revers la pensée de George Sand qui déclarait en 1850, dans une lettre à l'acteur Bocage : « Je suis communiste comme on était chrétien en l'an 50 de notre ère. » La dernière lettre de Flaubert à son amie date du 29 mai 1876. Il espère que son histoire d'« Un cœur simple », le premier des *Trois contes*, lui montrera qu'il a su être sensible à son influence : « Je crois que la tendance morale, ou plutôt le dessous humain de cette petite œuvre vous sera agréable ! » C'est ce même jour que George Sand, déjà souffrante, doit s'aliter. Elle mourra le 8 juin suivant.

VICTOR HUGO ET LES SUITES DU COUP D'ÉTAT

Victor Hugo (1802-1885) s'était rallié sans enthousiasme à la République après la révolution de février 1848. Élu député, il tenta de jouer un rôle modérateur lors de l'insurrection de Juin, « révolte du peuple contre lui-même », écrira-t-il dans *Les Misérables*. Après avoir soutenu la candidature de Louis-Napoléon Bonaparte à la présidence de la République, il s'inquiéta des dérives autoritaires du pouvoir et résista de toutes ses forces au coup d'État du 2 décembre 1851. Proscrit en janvier 1852, il entreprit à Bruxelles *Histoire d'un crime*, violent pamphlet contre le coup de force du prince-président, poursuivit l'écriture de son ouvrage en exil et le publia enfin, à Paris, en 1877. Le « carnage du boulevard Montmartre » se produisit le 4 décembre. C'est ce jour-là (voir note 1 de la p. 449 du roman dans l'édition Folio) que Frédéric Moreau fait un aller-retour entre Paris et Nogent. En fin d'après-midi, sur les grands boulevards, du côté de l'Opéra, il assiste aux charges de cavalerie qui font reculer les manifestants. Le café Tortoni, sur les marches duquel Dussardier est tué par Sénécal, était situé sur le boulevard des Italiens.

Le carnage du boulevard Montmartre constitue l'originalité du coup d'État. Sans cette tuerie, le 2 décembre ne serait qu'un 18 brumaire. Louis Bonaparte échappe par le massacre au plagiat.

Il n'avait encore été qu'un copiste. Le petit chapeau de Boulogne, la redingote grise, l'aigle apprivoisé semblaient grotesques. Qu'est-ce que cette parodie ? disait-on. Il faisait rire ; tout à coup il fit trembler.

L'odieux est la porte de sortie du ridicule.

Il poussa l'odieux jusqu'à l'exécrable.

Il était envieux de la grosseur des grands crimes ; il voulut égaler les pires. Cet effort vers l'horreur lui fait une place à part dans la ménagerie des tyrans. La gredinerie qui veut être aussi grosse que la scélératesse, un Néron petit s'enflant en Lacenaire énorme, tel est le phénomène. L'art pour l'art, l'assassinat pour l'assassinat.

Louis Bonaparte a créé un genre.

V. Hugo, *Histoire d'un crime*, dans *Œuvres complètes*, Club français du livre, t. VIII, 1971, p. 191-192.

C'est de cette façon que Louis Bonaparte fit son entrée dans l'inattendu. Ceci le révéla.

De certains cerveaux sont des abîmes. Depuis longtemps, évidemment, cette pensée, assassiner pour régner, était dans Bonaparte. La préméditation hante les criminels ; c'est par là que la forfaiture commence. Le crime est longtemps en eux, diffus et flottant, presque inconscient ; les âmes ne noircissent que lentement. De telles actions scélérates ne s'improvisent pas ; elles n'arrivent pas du premier coup et d'un seul jet à leur perfection ; elles croissent et mûrissent, informes et indécises, et le milieu d'idées où elles sont les maintient vivantes, disponibles pour le jour venu, et vaguement terribles. Cette idée, le massacre pour le trône, insistons-y, habitait depuis longtemps l'esprit de Louis Bonaparte. Elle était dans le possible de cette âme. Elle y allait et venait comme une larve dans un aquarium, mêlée aux crépuscules, aux doutes, aux appétits, aux expédients, aux songes d'on ne sait quel socialisme césarien, comme une hydre entrevue dans une espérance de chaos. À peine savait-il que cette idée difforme était en lui. Quand il en eut besoin, il la trouva, armée et prête à le servir. Son cerveau insondable l'avait obscurément nourrie. Les gouffres sont conservateurs des monstres.

Jusqu'à ce redoutable jour du 4 décembre, Louis Bonaparte ne se connaissait peut-être pas lui-même tout à fait. Ceux qui étudiaient ce curieux animal impérial n'allaient pas jusqu'à le croire capable de férocité pure et simple. On voyait en lui on ne sait quel être mixte, appliquant des talents d'escroc à des rêves d'empire, qui, même couronné, serait filou, qui ferait dire d'un parricide : Quelle friponnerie ! incapable de prendre pied sur un sommet quelconque, même d'infamie ; toujours à mi-côte, un peu au-dessus des petits coquins, un peu au-dessous des grands malfaiteurs. On le croyait apte à faire tout ce qu'on fait dans les tripots et dans les cavernes, mais avec cette transposition qu'il tricherait dans la caverne et assassinerait dans le tripot.

Le massacre du boulevard déshabilla brusquement cette âme. On la vit telle qu'elle était ; les sobriquets ridicules, Gros-Bec, Badinguet, s'évanouirent ; on vit le bandit ; on vit le vrai Contrafatto caché dans le faux Bonaparte.

Il y eut un frisson. C'est donc là ce que cet homme tenait en réserve !

On a essayé des apologies. Elles ne pouvaient qu'échouer. Louer Bonaparte est simple, on a bien loué Dupin ; mais le nettoyer, c'est là une opération compliquée. Que faire du 4 décembre ? Comment s'en tirer ? Justifier est plus malaisé que glorifier ; l'éponge travaille plus difficilement que l'encensoir ; les panégyristes du coup d'État ont perdu leur peine. Madame Sand elle-même, grande âme pourtant, a tenté une réhabilitation attristante[1] ; mais toujours, quoi qu'on fasse, le chiffre des morts reparaît à travers ce lavage.

Non, non, aucune atténuation n'est possible. Infortuné Bonaparte ! le sang est tiré, il faut le boire.

Le fait du 4 décembre est le plus colossal coup de poignard qu'un brigand lâché dans la civilisation ait jamais donné, nous ne disons pas à un peuple, mais au genre humain tout entier. Le coup fut monstrueux, et terrassa Paris. Paris terrassé, c'est la conscience, c'est la raison,

---

1. Réhabilitation bien modérée, dictée par un souci d'équité. Pendant les années du Second Empire, sans s'astreindre à un exil aussi farouche que Hugo, George Sand est le plus souvent restée retirée à Nohant et n'a guère paru dans la capitale.

c'est toute la liberté humaine terrassée. C'est le progrès des siècles gisant sur le pavé. C'est le flambeau de justice, de vérité et de vie, retourné et éteint. Voilà ce que fit Louis Bonaparte le jour où il fit cela.

IV. CORRESPONDANCES ET DESCENDANCE

LES RÊVERIES D'OBLOMOV
(I. A. GONTCHAROV)

Le romancier russe Ivan Alexandrovitch Gontcharov (1812-1891) se fit d'abord connaître par *Une histoire commune* (1847), « roman d'éducation » dont le héros, Alexandre Adouyev, jeune homme romanesque et idéaliste, quitte sa province pour Saint-Pétersbourg dans l'espoir d'y accomplir sa destinée de poète ; trahi dans ses amitiés et ses amours, il renoncera à ses ambitions pour finir fonctionnaire après avoir épousé une riche héritière. Son sujet, mais aussi son ton, ont fait souvent comparer *Une histoire commune* à *L'Éducation sentimentale*. En 1859, Gontcharov publie, dix ans avant le roman de Flaubert, ce qui devait rester comme son chef-d'œuvre, *Oblomov*, dont le héros est présenté comme un rejeton de la vieille noblesse, attaché au passé, indolent, incapable d'entreprendre quoi que ce soit. De même que Flaubert est à l'origine du terme de « bovarysme », Gontcharov a fourni à la littérature et à la psychologie russes l'« oblomovisme ». Emma Bovary n'étant jamais à court d'idées et de résolutions pour donner consistance à ses rêves, c'est bien plutôt Frédéric Moreau qui est atteint d'une forme d'oblomovisme. Dans sa typologie des romans (voir *supra*, p. 172), Georges Lukács classe *Oblomov* aux côtés de *L'Éducation sentimentale* parmi les ouvrages qui expriment le romantisme de la désillusion, et il montre comment c'est grâce au contraste offert par le bonheur triomphant et trivial de Stolz, son ami, que ressort l'échec du distingué Ilia-Ilitch Oblomov.

Au chapitre VI de la deuxième partie du roman de Gontcharov s'ébauche, dans l'âme d'Oblomov, le rêve d'une femme idéale. L'« apparition », ici tout irréelle, a beau emprunter certains traits à la littérature romantique : à l'instar de Frédéric Moreau plus tard, c'est à un bonheur domestique et tranquille, excluant les tourments de la passion, qu'aspire Oblomov.

Lorsqu'il s'étendait dans des poses nonchalantes, au milieu de son assoupissement obtus, comme de ses élans inspirés, au premier plan de ses songes, Oblomov voyait toujours la femme — souvent comme épouse et, parfois, comme amante.

Ses rêves lui présentaient l'image d'une femme grande, élancée, aux bras croisés sur la poitrine, au regard doux et fier, nonchalamment assise parmi des lierres du bosquet, foulant d'un pas léger les tapis, le sable des sentiers ; elle avait la taille souple, la tête gracieusement posée sur les épaules, et l'air pensif — bref, l'idéal, l'incarnation d'une vie entière faite de tendresse et de quiétude.

Elle lui apparaissait toute en fleurs, au pied de l'autel, sous un long voile d'épousée ; puis au chevet de la couche nuptiale, les yeux pudiquement baissés ; mère enfin au milieu d'un groupe d'enfants.

Il surprenait sur ses lèvres le mirage d'un sourire, un sourire sans passion ; il regardait ses yeux tranquilles que ne mouillait aucun désir. Le sourire était plein de sympathie pour lui, son mari, et de condescendance pour tous les autres ; le regard était affectueux pour lui seul, et chaste, sévère même, pour tous les autres.

Il semblait qu'il n'attendît pas d'elle des frémissements, des rêves enflammés, des larmes soudaines, des langueurs, de la fatigue — suivie d'un retour forcé à la joie. Il ne lui sou-

I. A. Gontcharov, *Oblomov*, tr. fr. de Jean Leclère, préface de Gilbert Sigaux, Éditeurs français réunis, Paris-Genève, 2 vol., s.d., t. I, p. 276-278.

haitait ni caprices, ni mélancolie. Elle ne devait pas pâlir tout à coup, tomber en pâmoison, éprouver des émotions excessives.

« Les femmes de cette sorte ont des amants, se disait-il, elles donnent aussi bien des soucis : il leur faut des médecins, des cures, des séjours dans des villes d'eaux... elles ont tant de lubies. On ne peut aucun soir s'endormir tranquille ! »

Or, aux côtés d'une épouse orgueilleusement chaste, l'homme repose sans inquiétude. Il s'endort avec l'assurance de retrouver au réveil le même regard affectueux et doux. Après vingt ans, trente ans, le tiède regard de l'époux rencontre dans les yeux de l'épouse le même rayon amical et tranquille. Il en va de la sorte jusqu'au tombeau !

« N'est-ce pas là le but secret de chacun et de chacune : trouver dans son ami la physionomie inaltérable du repos, le cours toujours égal des sentiments ? C'est la vraie mesure de l'amour ; tout ce qui s'en écarte, se modifie, se refroidit — nous fait souffrir... Mon idéal est-il l'idéal commun ? songeait-il. N'est-ce pas là le couronnement, la perfection des rapports des deux sexes entre eux ? »

Donner à la passion un cours légal, la canaliser comme un fleuve pour le bien de toute une région — c'est le grand problème humain ; c'est le haut lieu du progrès que les George Sand escaladent en se trompant de sentier. Avec cette solution, plus de trahisons, plus de brouilles, mais le battement toujours égal d'un cœur paisiblement heureux ; donc, une vie éternellement pleine, la sève éternelle de la vie, une éternelle santé morale.

On connaît les exemples de cette vertu, mais ils sont rares ; on les montre comme un phénomène. On dit qu'il faut être né pour cela. Mais n'y peut-on parvenir en se formant, en s'éduquant, en y tendant avec une conscience persévérante ?...

La passion ! Qu'elle est belle en vers et sur la scène où, la cape sur l'épaule, le couteau à la main, s'agitent les acteurs ; après quoi meurtriers et victimes s'en vont souper ensemble...

Ah ! si les vraies passions se terminaient ainsi ! Mais elles laissent après elles — comme le démon — fumée et puanteur... Aucune trace de bonheur ! Des souvenirs — des souvenirs de honte et des cheveux qu'on s'arrache !

Céder à la passion, c'est s'engager dans un chemin pierreux, dans les montagnes ; les chevaux tombent, le cavalier s'épuise, alors que le village natal est en vue : il ne faut pas le perdre de vue mais au plus vite se dégager de l'endroit dangereux...

Oui, il faut réduire la passion, l'étouffer, la noyer dans le mariage...

Il se serait enfui épouvanté, si une femme l'avait brûlé tout à coup du regard ; ou si, poussant un gémissement, elle lui était tombée sur l'épaule les yeux clos pour revenir à elle et l'enlacer jusqu'à l'étouffer... C'est du feu d'artifice, cela ! C'est l'explosion d'une barrique de poudre ; et puis après ? Assourdissement, aveuglement, cheveux brûlés !

UNE SERVIETTE QUI GLISSE
(THOMAS MANN)

« L'histoire de Hans Castorp que nous voulons conter », comme l'écrit le romancier allemand Thomas Mann (1875-1955) en tête de l'avant-propos de *La Montagne magique* (1924), est celle d'un jeune bourgeois qui se rend, à la veille de la guerre de 1914, au sanatorium de Davos auprès de son cousin Joachim. Sa rencontre avec Mme Chauchat (« Leurs yeux

se rencontrèrent »), dans la salle à manger du sanatorium, doit-elle à la scène de l'« apparition » de Mme Arnoux dans *L'Éducation sentimentale* ? Cette serviette de table qui glisse et que le jeune Hans est sur le point de rattraper : on croirait une réécriture ironique de la scène de Flaubert.

Or donc, après que Mme Chauchat se fut retournée deux ou trois fois par hasard, ou sous une influence magnétique, vers cette table, et qu'elle eut chaque fois rencontré les yeux de Hans Castorp, elle regarda une troisième fois avec préméditation, et cette fois encore, rencontra ses yeux. Pour la cinquième fois, elle ne le surprit pas immédiatement : il n'était pas au garde-à-vous. Mais il sentit aussitôt qu'elle le regardait, et ses yeux répondirent avec tant d'empressement qu'elle se détourna en souriant. La méfiance et le ravissement se disputèrent son esprit en face de son sourire. Si elle le jugeait puéril, elle se trompait. Son besoin de raffinement était considérable. À la sixième occasion, lorsqu'il devina, sentit, fut intérieurement averti, qu'elle regardait de son côté, il fit semblant de considérer avec un déplaisir insistant une dame pustuleuse qui s'était approchée de sa table pour bavarder avec la grand-tante, tint bon avec une volonté de fer, au moins pendant deux ou trois minutes, et ne céda pas jusqu'à ce qu'il fût certain que les yeux de Kirghize, là-bas, l'avaient quitté — étrange comédie que Mme Chauchat non seulement pouvait mais devait pénétrer afin que la grande finesse et la maîtrise de soi de Hans Castorp lui donnassent à réfléchir... Il arriva encore ceci : entre deux services, Mme Chauchat se retourna négligemment, et inspecta la salle. Hans Castorp s'était trouvé à son poste ; leurs yeux se rencontrèrent. Tandis qu'ils se regardent — la ma-

T. Mann, *La Montagne magique (Der Zauberberg)*, tr. fr. de Maurice Betz, Fayard, 1931 ; Le Livre de Poche, 2 vol., 1984, t. I, p. 213-214.

lade d'un air moqueur qui vaguement le guettait, Hans Castorp, avec une fermeté excitée (il serrait même les dents en tenant tête à ses yeux), — la serviette est sur le point d'échapper à Mme Chauchat et de glisser de ses genoux jusque par terre. Tressaillant nerveusement, elle allonge la main, mais lui aussi est pris d'un sursaut qui le soulève à moitié de sa chaise et il veut se précipiter aveuglément à son secours, par-delà huit mètres d'espace et une table qui les sépare, comme si c'était une catastrophe que la serviette touchât le sol... À quelques centimètres du parquet elle réussit à la rattraper. Mais dans son attitude penchée, obliquement inclinée, tenant un bout de la serviette, et la mine sombre, apparemment irritée par cette absurde petite panique à laquelle elle vient de céder et dont elle rejette, semble-t-il, la faute sur lui, elle regarde encore une fois dans sa direction, voit son élan contenu, ses sourcils relevés et se détourne en riant.

LA MAISON DU DÉSIR ENFIN VISITÉE (MARIO VARGAS LLOSA)

Les correspondances de *L'Éducation sentimentale* avec les deux romans précédents peuvent ne devoir qu'au hasard. L'écrivain péruvien Mario Vargas Llosa (né en 1936), auteur d'une étude sur *Madame Bovary* intitulée *L'Orgie perpétuelle* (1975 ; tr. fr. Gallimard, 1978), a, quant à lui, sciemment rendu hommage à Flaubert en composant *La Maison verte* (1969). Cette maison est, dans son roman, un lupanar situé à Piura, dans le nord du Pérou, et qui exerce sur les habitants de l'endroit la même fascination magique que la « maison de la Turque » auprès de Frédéric et Deslauriers à Nogent-sur-Seine, au temps de leur adolescence.

Ils désiraient si fort des femmes et des plaisirs nocturnes qu'à la longue le ciel — *le diable, l'exécrable diable*, dit le père Garcia — finit par leur donner satisfaction. Et c'est ainsi qu'apparut, turbulente et frivole, nocturne, la Maison verte. [...]

La première année, la maison ne compta que quatre pensionnaires, mais l'année suivante, quand elles s'en allèrent, don Anselmo fit un voyage et revint avec huit. On dit qu'à son apogée la Maison verte en eut jusqu'à vingt. Elles se rendaient directement à leur lieu de travail. Du Vieux Pont on les voyait arriver, on entendait leurs cris aigus et provocants. Leurs vêtements de couleurs criardes, leurs châles et leurs fards scintillaient comme des crustacés dans l'aride paysage.

Par contre don Anselmo, lui, fréquentait la ville. Il parcourait les rues sur son cheval noir à qui il avait appris des coquetteries : secouer joyeusement la queue lorsqu'une femme passait, replier une patte en guise de salut, exécuter des pas de danse lorsqu'il entendait de la musique. Don Anselmo avait pris de l'embonpoint, il s'habillait avec une recherche excessive : chapeau de paille souple, foulard de soie, chemise de fil, ceinture avec des incrustations, pantalon bien ajusté, bottes à talons et éperons. Ses mains fourmillaient de blagues. Parfois il s'arrêtait prendre un verre à l'*Étoile du Nord* et bien des notables n'hésitaient pas à accepter son invitation, à bavarder avec lui et à le raccompagner jusque dans les faubourgs.

La prospérité de don Anselmo se traduisit par des agrandissements en largeur et en hauteur de la Maison verte. Comme un organisme vivant, elle s'amplifia, mûrit. La première innovation consista en une clôture de pierre. Cou-

M. Vargas Llosa, *La Maison verte*, tr. fr de Bernard Lesfargues, Gallimard, 1969 Gallimard, « L'Imaginaire », 2002, p. 33 et 96-97.

ronnée de chardons, de tessons, de piquants et d'épines pour décourager les voleurs, elle entourait le rez-de-chaussée et le dérobait aux regards. L'espace compris entre la clôture et la maison fut d'abord une petite cour pleine de cailloux, puis un vestibule nivelé orné de pots de cactus, après une grande salle circulaire au sol et au plafond de nattes et, enfin, le bois remplaça la paille, la salle fut pavée et le plafond couvert de tuiles. Au-dessus de l'étage en surgit un autre, petit et rond comme une tour de guet. Chaque pierre qu'on ajoutait, chaque tuile et chaque planche était automatiquement peinte en vert. La couleur choisie par don Anselmo finit par imprimer au paysage une note rafraîchissante, végétale, presque liquide. De loin, les voyageurs découvraient l'édifice aux murs verts, à moitié dilués dans la vive lumière jaune qui émanait des sables, et ils avaient l'impression de s'approcher d'une oasis aux eaux cristallines, aux palmiers et aux cocotiers hospitaliers, on aurait dit que cette lointaine présence promettait toutes sortes de récompenses pour le corps fatigué, et d'innombrables délices pour l'esprit abattu par le désert étouffant.

Ainsi, Mario Vargas Llosa dépayse cette mystérieuse maison qui excite les fantasmes des deux héros de Flaubert, et il se donne les moyens d'en pénétrer les secrets.

LES CHOSES (GEORGES PEREC)

L'Éducation sentimentale **est un mythe, qui nourrit les réécritures ou, de façon plus anecdotique, les parodies. Georges Perec raconte qu'il a rédigé** *Les Choses. Une histoire des années soixante* **(1965) « sous l'influence affichée de** *L'Éducation sentimen-*

tale, dont le sous-titre — *Histoire d'un jeune homme* — engendra même un moment un des titres provisoires du livre — *Histoire d'un jeune couple*[1] ». Le leitmotiv des années 1960 est « la France qui s'ennuie, qui a écouté Guizot, s'est enrichie, et bovaryse sur son magot » (Jacques Leenhardt, postface à notre édition de référence). Bref, l'aspiration à l'idéal de la génération de Frédéric, tournée en dérision par Flaubert, s'est évanouie. Les voyages du couple trentenaire, sur lesquels s'achève le roman de Perec, ne sont pas teintés de mélancolie, puisqu'ils sont racontés au futur. La mélancolie est plutôt celle qui envahit le lecteur, devant la médiocrité du bonheur moderne.

Ils partiront. Ils abandonneront tout. Ils fuiront. Rien n'aura su les retenir.

« Te souviens-tu ? » dira Jérôme. Et ils évoqueront le temps passé, les jours sombres, leur jeunesse, leurs premières rencontres, les premières enquêtes, l'arbre dans la cour de la rue de Quatrefages, les amis disparus, les repas fraternels. Ils se reverront traversant Paris à la recherche de cigarettes, et s'arrêtant devant les antiquaires. Ils ressusciteront les vieux journaux sfaxiens, leur lente mort, leur retour presque triomphal.

« Et maintenant, voilà », dira Sylvie. Et cela leur semblera presque naturel.

Ils se sentiront à l'aise dans leurs vêtements légers. Ils se prélasseront dans le compartiment désert. La campagne française défilera. Ils regarderont en silence les grands champs de blé mûr, les armatures écorchées des pylônes de haute tension. Ils verront des minoteries, des usines presque pimpantes, de grands camps de vacances, des barrages, des petites

G. Perec, *Les Choses. Une histoire des années soixante*, Julliard, « 10/18 », p. 142-143.

---

1. *L'Arc*, n° 79, 1980, p. 49.

maisons isolées au milieu de clairières. Des enfants courront sur une route blanche.

Le voyage sera longtemps agréable. Vers midi, ils se dirigeront, d'un pas nonchalant, vers le wagon-restaurant. Ils s'installeront près d'une vitre, en tête à tête. Ils commanderont deux whiskies. Ils se regarderont, une dernière fois, avec un sourire complice. Le linge glacé, les couverts massifs, marqués aux armes des Wagons-Lits, les assiettes épaisses écussonnées sembleront le prélude d'un festin somptueux. Mais le repas qu'on leur servira sera franchement insipide.

Au détour d'un roman de Jean Echenoz, enfin, on tombe sur ces lignes :

Les jours suivants, Baumgartner persévère dans son itinéraire aléatoire. Il connaît la mélancolie des restauroutes, les réveils acides des chambres d'hôtels pas encore chauffés, l'étourdissement des zones rurales et des chantiers, l'amertume des sympathies impossibles. Cela dure encore à peu près deux semaines au terme desquelles, vers la mi-septembre, Baumgartner s'aperçoit enfin qu'il est suivi.

J. Echenoz, *Je m'en vais*, Éditions de Minuit, 2001, p. 176.

V. BIBLIOGRAPHIE

PRINCIPALES ÉDITIONS
DE *L'ÉDUCATION SENTIMENTALE*

Édition originale : Gustave Flaubert, *L'Éducation sentimentale. Histoire d'un jeune homme*, 2 vol. in-8°, Michel Lévy frères, Paris, 1870 (la publication date en réalité du 17 novembre 1869).

Texte présenté et établi par René Dumesnil, « Les Belles Lettres », 2 vol., 1942 ; 2ᵉ éd., 1958.

Édition établie par Alain Raitt, Imprimerie nationale, « Lettres françaises », 2 vol., 1979.

Établissement du texte, sommaire biographique, préface, bibliographie, notes, variantes, dossier de l'œuvre par Peter Michael Wetherill, Classiques Garnier, 1984.

Édition établie et présentée par Claudine Gothot-Mersch, GF-Flammarion, 1985.

Chronologie, présentation, notes et dossier de Stéphanie Dord-Crouslé, GF-Flammarion, 2001.

Édition présentée et annotée par Pierre-Marc de Biasi, Le Livre de poche classique, 2002.

Notre édition de référence est celle de la collection « Folio classique », Gallimard, préface d'Albert Thibaudet (1935), notice et notes de Samuel S. de Sacy (1965), avec l'article de Proust, « À propos du style de Flaubert » ; dernière édition : 2003.

MANUSCRITS DU ROMAN

Gustave Flaubert, *Carnets de travail*, édition critique et génétique établie par Pierre-Marc de Biasi, Balland, 1988.

Marie-Jeanne Durry, *Flaubert et ses projets inédits*, Nizet, 1950.

AUTRES ŒUVRES DE FLAUBERT

Œuvres de jeunesse, édition présentée, établie et annotée par Claudine Gothot-Mersch et Guy Sagnes, Gallimard, « Bibliothèque de la Pléiade », 2001 (constitue le tome I des *Œuvres complètes*, à paraître).

Correspondance, édition établie par Jean Bruneau, Gallimard, « Bibliothèque de la Pléiade », 4 vol., 1973-1998. Le cinquième volume, couvrant la période de 1876 à 1880, édité par Y. Leclerc, est à paraître. On se reportera, pour les lettres correspondant à cette période, aux éditions séparées de la correspondance avec George Sand, Ivan Tourgueniev, G. de Maupassant, etc.

OUVRAGES ET RECUEILS D'ARTICLES SUR FLAUBERT

Maurice Bardèche, *L'Œuvre de Flaubert*, Les Sept Couleurs, 1974.

Pierre-Marc de Biasi, *Flaubert. Les secrets de l'homme-plume*, Hachette, 1995.

Pierre Danger, *Sensations et objets dans le roman de Flaubert*, Armand Colin, 1973.

Philippe Dufour, *Flaubert ou la Prose du silence*, Nathan, 1997.

Flaubert, n° spécial d'*Europe*, sept.-oct.-nov. 1969.

Flaubert, n° spécial de la *Revue d'histoire littéraire de la France*, juil.-oct. 1981.

Flaubert à l'œuvre, série publiée par L. Hay, Flammarion, « Textes et manuscrits », 1980.

Flaubert, la dimension du texte, textes réunis par P. M. Wetherill, Manchester University Press, 1982.

Flaubert, l'Autre, « Pour Jean Bruneau », textes réunis par Fr. Lecercle et S. Messina, Presses universitaires de Lyon, 1989.

Flaubert savait-il écrire ? Une querelle grammaticale (1919-1921), textes réunis et présentés par Gilles Philippe, ELLUG (Grenoble), 2004.

Gustave Flaubert, L'Arc, n° 79, 1980.

Henry James, *Gustave Flaubert*, 1902 ; texte anglais et tr. fr. L'Herne, 1969.

Langages de Flaubert, actes du colloque de London (Canada), réunis par M. Issacharoff, Minard, « Lettres modernes », 1976.

Herbert Lottman, *Gustave Flaubert*, tr. fr. Fayard, « Pluriel », 1989 (biographie).

La Production du sens chez Flaubert, actes du colloque de Cerisy-la-Salle, juin 1974, UGE, « 10/18 », 1975.

Jean-Paul Sartre, *L'Idiot de la famille*, Gallimard, 3 vol., 1971-1972 (repris dans la collection « Tel »).

Gisèle Séginger, *Flaubert. Une poétique de l'histoire*, Presses universitaires de Strasbourg, 2000.

Gisèle Séginger, *Flaubert. Une éthique de l'art pur*, SEDES, 2000.

Albert Thibaudet, *Gustave Flaubert*, Gallimard, 1935 (repris dans la collection « Tel »).

Travail de Flaubert (collectif), Points-Seuil, 1983.

OUVRAGES ET ARTICLES SUR L'ÉDUCATION SENTIMENTALE

Marie-Claire Bancquart, « L'espace urbain dans *L'Éducation sentimentale* », dans *Flaubert, la femme, la ville*, PUF, 1983.

Jean Borie, *Frédéric et les amis des hommes*, Grasset, 1995.

Jean Bruneau, « Le rôle du hasard dans *L'Éducation sentimentale* », dans n° spécial d'*Europe, Flaubert*, sept.-oct.-nov. 1969.

Pierre Campion, « Roman et histoire dans *L'Éducation sentimentale* », *Poétique*, n° 85, 1991.

Michel Crouzet, « Passion et politique dans *L'Éducation sentimentale* », dans *Flaubert, la femme, la ville*, PUF, 1983.

Alison Fairlie, « Pellerin et le thème de l'art », dans n° spécial d'*Europe, Flaubert*, sept.-oct.-nov. 1969.

— « Aspects de l'histoire de l'art dans *L'Éducation sentimentale* », dans n° spécial de la *Revue d'histoire littéraire de la France, Flaubert*, juil.-oct. 1981.

Histoire et langage dans « L'Éducation sentimentale », actes du colloque de la Société des études romantiques, SEDES-CDU, 1981.

Yvan Leclerc, *Gustave Flaubert. « L'Éducation sentimentale »*, PUF, « Études littéraires », 1997.

Bernard Masson, « L'eau et les rêves dans *L'Éducation sentimentale* », dans n° spécial d'*Europe, Flaubert*, sept.-oct.-nov. 1969.

Henri Mitterand, « Discours de la politique et politique du discours dans *L'Éducation sentimentale* », dans *La Production du sens chez Flaubert*, actes du colloque de Cerisy-la-Salle, juin 1974, UGE, « 10/18 », 1975.

Michel Raimond, « Le réalisme subjectif dans *L'Éducation*

sentimentale », dans *Travail de Flaubert* (collectif), Points-Seuil, 1983.

Peter Michael Wetherill, « Paris dans *L'Éducation sentimentale* », dans *Flaubert, la femme, la ville*, PUF, 1983.

— « C'est là ce que nous avons eu de meilleur », dans *Flaubert à l'œuvre,* Flammarion, « Textes et manuscrits », 1980.

Silvio Yeschua, « Les dates dans *L'Éducation sentimentale* comme foyers de significations », dans *La Production du sens chez Flaubert*, actes du colloque de Cerisy-la-Salle, juin 1974, UGE, « 10/18 », 1975.

AUTRES OUVRAGES

Pierre Bourdieu, *Les Règles de l'art. Genèse et structure du champ littéraire*, Seuil, 1992.

Gérard Genette, *Figures I*, Seuil, 1966 ; repris dans la coll. « Points » (« Silences de Flaubert » : p. 223-243).

Edmond et Jules de Goncourt, *Journal*, édition établie par Pierre Ricatte, préface de Robert Kopp, Laffont, « Bouquins », 1989, 3 vol.

Georges Lukács, *La Théorie du roman*, Gonthier, « Médiations », 1968.

Dolf Oehler, *Le Spleen contre l'oubli. Juin 1848. Baudelaire, Flaubert, Heine, Herzen*, Payot, 1996.

Marcel Proust, *Contre Sainte-Beuve*, précédé de *Pastiches et mélanges* et suivi d'*Essais et articles*, édition établie par Pierre Clarac et Yves Sandre, Gallimard, « Bibliothèque de la Pléiade », 1971 (« À propos du "style" de Flaubert » : p. 586-600).

Jean-Pierre Richard, *Littérature et sensation* (« La création de la forme chez Flaubert »), Seuil, 1954 (repris partiellement sous le titre *Stendhal. Flaubert*, « Points », 1970).

TABLE

ESSAI

11 AUX SOURCES DU ROMAN

Les « fantômes de Trouville » — Le souvenir et le rêve.

20 I. GENÈSE

De la rêvasserie au plan — L'ambition scientifique — « L'histoire morale des hommes de ma génération » — Le titre.

45 II. CADRE

Géographie du roman — Chronologie — Histoire et fiction.

62 III. PERSPECTIVES

Le « je » et le « il » — Les interventions du romancier — Ce qui échappe à Frédéric — Le style indirect libre.

81 IV. FRÉDÉRIC ET SON REGARD

Flaubert et Frédéric — Portrait d'un « héros » — L'« apparition » — La « génération » de Frédéric — Frédéric et ses maîtresses — Les descriptions.

128   V. ANATOMIE DES ÉCHECS

Le rôle du hasard — L'amour — L'art — La politique — L'heure du bilan.

154   UNE MODERNITÉ TEMPÉRÉE

DOSSIER

165   I. REPÈRES CHRONOLOGIQUES

169   II. LECTURES DU ROMAN

L'école de la « vulgarité » (J. Barbey d'Aurevilly) — Le temps, porteur de la poésie épique (Georges Lukács) — L'échec de 1848 (Dolf Oehler).

180   III. TÉMOINS DE L'HISTOIRE

Guizot et la révolution de février 1848 — Tocqueville et les journées de Juin — George Sand et le coup d'État — Victor Hugo et les suites du coup d'État.

198   IV. CORRESPONDANCES ET DESCENDANCE

Les rêveries d'Oblomov (I. A. Gontcharov) — Une serviette qui glisse (Thomas Mann) — La maison du désir enfin visitée (Mario Vargas Llosa) — Les choses (Georges Perec).

208   V. BIBLIOGRAPHIE

DANS LA MÊME COLLECTION

Pascale Auraix-Jonchière   *Les Diaboliques* de Barbey d'Aurevilly (81)
Jean-Louis Backès   *Crime et châtiment* de Fédor Dostoïevski (40)
Emmanuèle Baumgartner   *Poésies* de François Villon (72)
Emmanuèle Baumgartner   *Romans de la Table Ronde* de Chrétien de Troyes (111)
Annie Becq   *Lettres persanes* de Montesquieu (77)
Patrick Berthier   *Colomba* de Prosper Mérimée (15)
Philippe Berthier   *Eugénie Grandet* d'Honoré de Balzac (14)
Philippe Berthier   *Vie de Henry Brulard* de Stendhal (88)
Philippe Berthier   *La Chartreuse de Parme* de Stendhal (49)
Dominique Bertrand   *Les caractères* de La Bruyère (103)
Jean-Pierre Bertrand   *Paludes* d'André Gide (97)
Michel Bigot, Marie-France Savéan   *La cantatrice chauve / La leçon* d'Eugène Ionesco (3)
Michel Bigot   *Zazie dans le métro* de Raymond Queneau (34)
Michel Bigot   *Pierrot mon ami* de Raymond Queneau (80)
André Bleikasten   *Sanctuaire* de William Faulkner (27)
Christiane Blot-Labarrère   *Dix heures et demie du soir en été* de Marguerite Duras (82)
Gilles Bonnet   *Là-bas* de J.-K. Huysmans (116)
Eric Bordas   *Indiana* de George Sand (119)
Madeleine Borgomano   *Le ravissement de Lol V. Stein* de Marguerite Duras (60)
Arlette Bouloumié   *Vendredi ou les limbes du Pacifique* de Michel Tournier (4)
Daniel Boughoux et Cécile Narjoux   *Aurélien* d'Aragon (15)
Marc Buffat   *Les mains sales* de Jean-Paul Sartre (10)
Claude Burgelin   *Les mots* de Jean-Paul Sartre (35)
Mariane Bury   *Une vie* de Guy de Maupassant (41)
Belinda Cannone   *L'œuvre* d'Émile Zola (104)
Ludmila Charles-Wurtz   *Les Contemplations* de Victor Hugo (96)
Pierre Chartier   *Les faux-monnayeurs* d'André Gide (6)
Pierre Chartier   *Candide* de Voltaire (39)
Dominique Combes   *Poésies, Une saison en enfer, Illuminations,* d'Arthur Rimbaud (118)
Nicolas Courtinat   *Méditations poétiques et Nouvelles méditations poétiques* de Lamartine (117)
Marc Dambre   *La symphonie pastorale* d'André Gide (11)
Claude Debon   *Calligrammes* d'Apollinaire (121)
Michel Décaudin   *Alcools* de Guillaume Apollinaire (23)
Jacques Deguy   *La nausée* de Jean-Paul Sartre (28)
Véronique Denizot   *Les Amours* de Ronsard (106)
Philippe Destruel   *Les Filles du Feu* de Gérard de Nerval (95)

José-Luis Diaz	*Illusions perdues* d'Honoré de Balzac (99)
Béatrice Didier	*Jacques le fataliste* de Denis Diderot (69)
Béatrice Didier	*Corinne ou l'Italie* de Madame de Staël (83)
Béatrice Didier	*Histoire de Gil Blas de Santillane* de Le Sage (109)
Carole Dornier	*Manon Lescaut* de l'Abbé Prévost (66)
Pascal Durand	*Poésies* de Stéphane Mallarmé (70)
Louis Forestier	*Boule de suif* suivi de *La Maison Tellier* de Guy de Maupassant (45)
Laurent Fourcaut	*Le chant du monde* de Jean Giono (55)
Danièle Gasiglia-Laster	*Paroles* de Jacques Prévert (29)
Jean-Charles Gateau	*Capitale de la douleur* de Paul Eluard (33)
Jean-Charles Gateau	*Le parti pris des choses* de Francis Ponge (63)
Gérard Gengembre	*Germinal* d'Émile Zola (122)
Pierre Glaudes	*La peau de chagrin* de Balzac (113)
Joëlle Gleize	*Les fruits d'or* de Nathalie Sarraute (87)
Henri Godard	*Voyage au bout de la nuit* de Céline (2)
Henri Godard	*Mort à crédit* de Céline (50)
Monique Gosselin	*Enfance* de Nathalie Sarraute (57)
Daniel Grojnowski	*À rebours* de Huysmans (53)
Jeannine Guichardet	*Le père Goriot* d'Honoré de Balzac (24)
Jean-Jacques Hamm	*Le Rouge et le Noir* de Stendhal (20)
Philippe Hamon	*La bête humaine* d'Émile Zola (38)
Pierre-Marie Héron	*Journal du voleur* de Jean Genet (114)
Geneviève Hily-Mane	*Le vieil homme et la mer* d'Ernest Hemingway (7)
Emmanuel Jacquart	*Rhinocéros* d'Eugène Ionesco (44)
Caroline Jacot-Grappa	*Les liaisons dangereuses* de Choderlos de Laclos (64)
Alain Juillard	*Le passe-muraille* de Marcel Aymé (43)
Anne-Yvonne Julien	*L'œuvre au noir* de Marguerite Yourcenar (26)
Patrick Labarthe	*Petits poèmes en prose* de Charles Baudelaire (86)
Thierry Laget	*Un amour de Swann* de Marcel Proust (1)
Thierry Laget	*Du côté de chez Swann* de Marcel Proust (21)
Claude Launay	*Les fleurs du mal* de Charles Baudelaire (48)
Éliane Lecarme-Tabone	*Mémoires d'une jeune fille rangée* de Simone de Beauvoir (85)
Jean-Pierre Leduc-Adine	*L'assommoir* d'Émile Zola (61)
Marie-Christine Lemardeley-Cunci	*Des souris et des hommes* de John Steinbeck (16)
Marie-Christine Lemardeley-Cunci	*Les raisins de la colère* de John Steinbeck (73)
Olivier Leplatre	*Fables* de Jean de La Fontaine (76)
Claude Leroy	*L'or* de Blaise Cendrars (13)
Henriette Levillain	*Mémoires d'Hadrien* de Marguerite Yourcenar (17)
Henriette Levillain	*La princesse de Clèves* de Madame de La Fayette (46)
Jacqueline Lévi-Valensi	*La peste* d'Albert Camus (8)

Jacqueline Lévi-Valensi   *La chute* d'Albert Camus (58)
Marie-Thérèse Ligot   *Un barrage contre le Pacifique* de Marguerite Duras (18)
Marie-Thérèse Ligot   *L'amour fou* d'André Breton (59)
Eric Lysoe   *Histoires extraordinaires, grotesques et sérieuses* d'Edgar Allan Poe (78)
Joël Malrieu   *Le Horla* de Guy de Maupassant (51)
François Marotin   *Mondo et autres histoires* de J. M. G. Le Clézio (47)
Catherine Maubon   *L'âge d'homme* de Michel Leiris (65)
Jean-Michel Maulpoix   *Fureur et mystère* de René Char (52)
Alain Meyer   *La condition humaine* d'André Malraux (12)
Michel Meyer   *Le paysan de Paris* d'Aragon (93)
Michel Meyer   *Manifestes du surréalisme* d'André Breton (108)
Jean-Pierre Morel   *Le procès* de Kafka (71)
Pascaline Mourier-Casile   *Nadja* d'André Breton (37)
Jean-Pierre Naugrette   *Sa Majesté des mouches* de William Golding (25)
François Noudelmann   *Huis clos* suivi de *Les mouches* de Jean-Paul Sartre (30)
Jean-François Perrin   *Les confessions* de Jean-Jacques Rousseau (62)
Bernard Pingaud   *L'étranger* d'Albert Camus (22)
François Pitavy   *Le bruit et la fureur* de William Faulkner (101)
Jonathan Pollock   *Le moine (de Lewis)* d'Antonin Artaud (102)
Jean-Yves Pouilloux   *Les fleurs bleues* de Raymond Queneau (5)
Jean-Yves Pouilloux   *Fictions* de Jorge Luis Borges (19)
Simone Proust   *Quoi ? L'éternité* de Marguerite Yourcenar (94)
Frédéric Regard   *1984* de George Orwell (32)
Pierre-Louis Rey   *Madame Bovary* de Gustave Flaubert (56)
Pierre-Louis Rey   *Quatre-vingt-treize* de Victor Hugo (107)
Anne Roche   *W* de Georges Perec (67)
Jérôme Roger   *Un barbare en Asie* et *Ecuador* de H. Michaux (124)
Myriam Roman   *Le dernier jour d'un condamné* de Victor Hugo (90)
Colette Roubaud   *Plume* de Henri Michaux (91)
Mireille Sacotte   *Un roi sans divertissement* de Jean Giono (42)
Mireille Sacotte   *Éloges* et *La Gloire des Rois* de Saint-John Perse (79)
Corinne Saminadayar-Perrin   *L'enfant* de Jules Vallès (89)
Marie-France Savéan   *La place* suivi de *Une femme* d'Annie Ernaux (36)
Henri Scepi   *Les complaintes* de Jules Laforgue (92)
Henri Scepi   *Salammbô* de Flaubert (112)
Alain Sicard   *Résidence sur la terre* de Pablo Neruda (110)
Michèle Szkilnik   *Perceval ou Le conte du Graal* de Chrétien de Troyes (74)
Marie-Louise Terray   *Les chants de Maldoror* de Lautréamont (68)
G. H. Tucker   *Les Regrets* de Joachim du Bellay (84)
Claude Thiébaut   *La métamorphose et autres récits* de Franz Kafka (9)
Bruno Vercier et Alain Quella-Villéger   *Aziyadé* suivi de *Fantôme d'Orient* de Pierre Loti (100)

Dominique Viart   *Vies minuscules* de Pierre Michon (120)
Michel Viegnes   *Sagesse — Amour — Bonheur* de Paul Verlaine (75)
Marie-Ange Voisin-Fougère   *Contes cruels* de Villiers de L'Isle-Adam (54)
Jean-Michel Wittmann   *Si le grain ne meurt* d'André Gide

À paraître
Éliane Lecarme-Tabone   *La vie devant soi* de Romain Gary
Laurence Campa   *Poèmes à Lou* de Guillaume Apollinaire

Composition I.G.S.-C.P.
Impression Bussière
à Saint-Amand (Cher), le 11 janvier 2005.
Dépôt légal : janvier 2005.
Numéro d'imprimeur : 045237/1.
ISBN 2-07-030191-5./Imprimé en France.

124344